爺活《じじかつ》百態

ああ、何をか思わん

小島 慶一

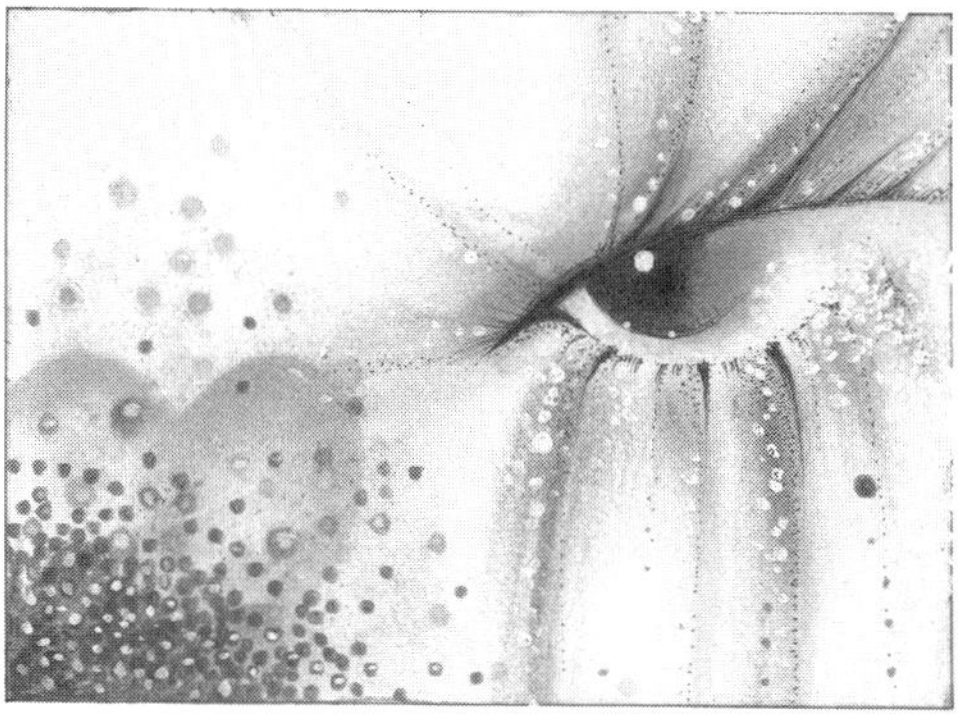

朝日出版社

はしがき

思ったり考えたりする内容は、人によって違っても、その営みは誰でも一緒だ。私の場合、思ったことをすぐ忘れるので、大事なことはすぐにメモしないといけない。聞けば多くの人も同じようだ。ただメモを取るか取らないかだけの違いだが、私のちり同然のメモも、文章化すると色めき立つものもあるが、味付けをしようにも、てんで物にならないのが多い。どうせ拾い物くらいの思いつきで、取り込みようのない素材だが、かと言って捨てるには惜しい。何とか繕ってみたら本書のような結果になった。

改めて思えば、もの見るたびに、そして風景が変わるたびに、違うことを心の中で語っている。声には出さないが、気持ちが揺れ動いていることは私だけではないだろう。もしそれが活字になって読者がそれを追った時、作り上げる心象の数は、読者の数だけある。新型コロナに便乗すれば、イメージの変異株である。もし一冊の本が提供されれば、イメージされる変異株という新たな相似像が読者の数に比例する。活字とは本来そういうものだろう。漫画や映画は客観的に像を追うので、見る者の想像する余地はかなり削減される。ひと言が作り出すイメージは、人により受け方が違うので、言葉は読者を自由に遊ばせる。だから言葉の遣い手は策略師である。漫画や映画の画像が直言とすれば、言葉は含みである。私自身、平易に日本語らしく語れる言葉を探しているが、楽しいけれど難しい。

小説のような長い文を読むのには、エネルギーを要する。俳句や短歌は、逆の意味で疲れる。とすれば、一題が簡単に読み切れて、何かのイメージが取り込めれば、構えて読もうとする必要もなく気軽である。

そんな時、私の心の動きが皆様のそれと響き合うか、合わないか。そんな気持ちで読み流して下されぱと思います。

本書の名前を「じじい活百態」とせずに「じじ活百態」としました。「じじ」の方が多少若く感じることもあり、まだ多少の色気を死守したい年頃なので……。

２０２１年３月21日

著者

目　次

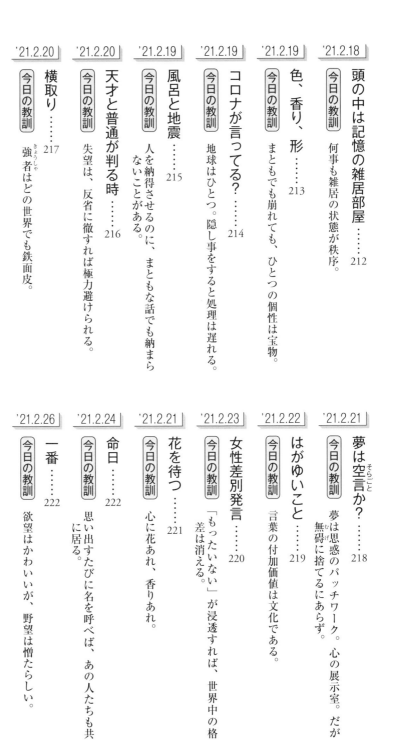

2020.4.4

我が家のヒヨドリ　第一話

私の家の小さな庭には葡萄の木があって、そこに毎年ヒヨドリがやって来る。同じ鳥かどうかはわからないが、二羽だけ来る。世間にヒヨドリは無数に居るのだが、何故か二羽以上は見たことがない。ここが穴場と知ってやって来るなら、同じ鳥に違いない。寒くなる年末近くになると必ずやって来る。毎年毎日りんごを葡萄棚の上に置くようになってから、もう10年以上になるが、この二羽が夫婦であるならば、10年以上のお付き合いだ。子供が居るのだろうに、その影、形さえ見えない。家族なんていうのは人間だけの事なのだろう。どこかで子供と出会っても、我が子とわかるのだろうか。それとも仲良くなって夫婦になってしまうのか。人の余計なお世話だけど、心配にはなる。毎朝1個の6分の1に切ったりんごを持って庭に出ると、そばの電線のあたりに止まって待っている。気持ちの通じ合う瞬間だが、決して私に近づくことはない。居間に戻って窓越しに見ればもうりんごをつついている。だがヒヨドリは二羽で一緒につつくことはない。まず多少大柄な一羽が先に食べ始める。それを脇で見ているのは妻と思しき細めの一羽だ。彼が行ってしまうと、妻の番と決まっているようだ。鳥の世界は男が優先なのだろうか。ある日、細めの一羽が食べていた時、大柄な一羽が飛んできて彼女を追

メジロ

い払ってしまった。彼女は抵抗していたが、負けて去ってしまった。二羽が居ないときに、小さなメジロが二羽やって来る。メジロは仲良しだ。いつも一緒に食べている。そこにカラスがやって来る。メジロはとっさに飛び去って、カラスがどさっと舞い降りる。見たからにギャングだ。ついばむなんて可愛さはまったくなくて、ただ一口でりんごをくわえて持ち去った。からすは来てほしくない空のヤクザだ。

ところで一昨日、ヒヨドリ夫婦と思っているのだが、いつものように彼らがやって来て、窓越しにしきりに私を見ている。何か言いたげだった。窓に近寄った。夫の方は逃げ腰になった。妻の方は頭を振って私を見ている。それで私は手を振った。何か言いたげなその様子に、私は父と母の面影が重なった。旅立ちの挨拶に来たのかと思った瞬間、ポッと熱くなった。もう一度手を振った。彼らはお礼を言いにやって来たのか。りんごを半分食べたところで飛んで行った。

昨日は妻の方がやって来て、りんごの傍らの葡萄の枝に止まったまま動かない。じっと私の方を見ている。一昨日と同じだ。私は手を振った。彼女は頭を振り返

ヒヨドリ

した。何か言いたげなその様子に、今日も旅立ちの挨拶にきたのだと……。もう一度手を振った。私はその場を離れることができなくなった。場つなぎかどうか判らないが、急にラテン音楽が聞きたくなった。窓が固く締まっているのに、彼女は更に頭を大きく振っている。音楽が聞こえていたのだろうか。帰ろうとしない。既に2時間以上も同じ場所から動かない。私は音楽を聴きながら眠くなってうとうとしてしまった。気が付いて目を覚ましたら彼女の姿は既になかった。その日は彼女しか来なかった。

今日は4月4日。彼女は現れなかった。今頃は北に向かって飛んでいるのだろうか。夫は先に行ってしまったようだが、昨日の彼女の姿が目に残る。今日は春風が吹いて、暖かくなった。

彼らが出立して二日目の朝が来た。昨夜は彼らがどのあたりを移動しているのだろうかと、それとも夜になって、どこかで休んでいるのだろうかといろいろ思いを馳せながら眠りについた。目が覚めて、階下に降りてあの麗しい思い出を残してくれた葡萄棚を見た。「あらら……、あいつらが居る‼」物欲しそうにこちらを見ている。あいつらだとは思いたくはないが、仕方なくりんごを与えたら、早速食べ始めた。顔が皆同じだからよく判らないが、あいつらは目下北国へ飛行中と思いたい。別れの美学を一度見せてくれた彼らだが、ここに戻ってきてしまっては私の立つ瀬がなくなって落ち着かない。真面《まとも》な話が進まない。これが本当の息（行き）詰まり。これでやっと話は落ちた。我が家のヒヨドリの話といっても、たわいない野鳥との対峙の風景だが、忘れ得ぬ何かが残った。

今日の教訓

美しい話はある日突然崩れ去る。
現実を見ずに生き抜いた人は居ない。

2020.4.30

金魚の姉さん

我が家の金魚、たびたび話題に上るが容姿はいい。だが頭は良くないようだ。声に出せば、もし相手が人だったらぶん殴られるところだが、こいつは何も言わない。可愛い。餌をあげてもプイと向こうを見てしまうし、こちらに平気で尻を向ける。しかも露《あら》わに。私が離れると、目がちょっと動いて向きかえり、水面に浮いた餌を水音を立てながら食べ始める。当てつけがましいこのやり方に、何か恨みでもあるのか？お世辞でもいいから、ひれでも振って、挨拶代わりというものがあるだろう。もっとも金魚がお世辞笑いしたら、化け物かと私は身を引くだろう。

そういえば餌をやる時に、私は少し笑顔になっているかも知れない。とするとあいつ、私を見て身を引いているのか？全くあいつは何を考えているかわからないけれど、あいつもそう思っているに違いない。

今日の教訓

黙談？は勘繰りが先立って、不安が募る。

2020.5.7

善意から出た偶然

むかつくほど退屈な時間をどう過ごすか。趣味に費やすのも億劫《おっくう》なことがある。何もしないからいろいろ空想ごとが頭をよぎる。そんな時は笑い話で気を紛らす。

〈素直で人柄のよい若い男が居た。一生懸命に仕事をし、その健気《けなげ》な様子に周囲は好意と期待を持った。ある人が彼に言った。「けなげで素敵です」。彼はすかさず言った。「ほっておいてくれ」気分を悪くしたようだった。彼は禿げていた。〉

称賛が中傷めいて話をややこしくしてしまったようだ。言われた当の本人の心の度量にもよるが、満更《まんざら》でもなかったろう。

今日の教訓 笑い話にむかつく者は居ない。

2020.5.8

騙しのテクニック

「割引き」という言葉で人は集まる。

生活に余裕あって必要なくても、わざわざバスに乗り、電車に乗り、目当ての品を得ようとする、その執念。乗り物代が割引額より高くても人は走る。「安い」という言葉に含まれる安心感?・新聞に毎日折り込まれる広告の多さ。新聞は読まなくても、広告を読んでる主婦の生き生きとした顔。一日の始まり。

帰宅して気が付けば、不要なものまで買って予算オーバー。賞味期限を切らしてやがて廃棄。それでも「割引き」という文字だけはいつもいつも目に留まる。

今日の教訓 気持ちの高揚は、無駄を犠牲にする。

2020.5.15

緊急事態宣言

新型コロナウィルスの拡大で、不要不急の事は自粛して、外出が制限された。一か月以上の自宅待機となったが、テレビなどではタレントの自宅での過ごし方の様子を放映して、ストレス解消策を流している。確かに犬や猫が居ると、話し相手ができ、ストレス解消にはなる。私は犬も猫も好きで今まで色々な動物を飼った経験がある。こんな時一人身の私に犬でも猫でも居たらこのもやもやを解決できるのだろうと内心、他人の様子に羨ましく思う。もっとも動物を飼わなくなったのは、旅行することができなくなるからであった。生きて動いているものがそばに居てくれたら嬉しいだろうと思うこの頃だが、我が家には一匹の金魚が居たことに気が付いた。毎朝起きて餌をやり、時々水の交換をし世話をしているが、日々の惰性の中で彼だか彼女だかわからない存在に最近、気持ちが揺らいだ。もう4年位になるだろうか。最初は二匹仲むつまじく、狭い水槽の中で青春を謳歌しているようであったが、しばらくして相方が昇天した。残された方は見栄えも悪くないし、やがて大きくなって水槽が狭くなった。私は一方的に女性と判断して、ずっと付き合ってきたが、最近何となく話ができるようになった気がしている。私の影が見えると、餌をくれとばかりに口を大きくぱくぱくさせて、目もこちらを見ているようで、愛嬌を振っているようにも見える。が、これは買い被《かぶ》りというものだろう。こいつが居るから長い旅行もできぬと時に腹立たしくもあり、かと思えば殺風景な我が家にもう一つの命ありと癒されたり、コロナのおかげでこいつを見直す機会が与えられた。考えれば彼女はもう中年を過ぎて、初老か、それとも金魚の健康寿命を考えれば後期高齢なのか、よくわからぬが、とすれば私は彼女の介護をしていることになる。食事の世話から、住環境に気を遣い、下の世話まで面倒看てる。老老介護だ。大したもんじゃゃ〜ありませんか。

今日の教訓 面倒という言葉を包み込まない愛情という言葉はない。

2020.5.19

食べること（料理）――コロナで思うこと――

人の飽きるという感覚は、崇高《すうこう》で褒《ほ》められることなのか、それとも我がままなのか。肉が好きだからといって、食べ続けて三日も過ぎれば嫌気《いやけ》がさしてくる。同じものばかり食べ続けることはしない。それで料理をすることを憶えて、同じものをいろいろ工夫して別物に仕立て上げ、限られた食材を無限の食感に変えて楽しんでいる。頭がいいのか、悪いのか。後ほど検討しよう。食材となる感情をもった生き物たちからすれば、人は最悪の殺戮者《さつりくしゃ》だ。ライオンやトラのような怖い動物には近寄らない。抵抗しない従順な動物たちが犠牲となっている。ライオンが魚や草を食べているのを見たことがない。もし魚を食べたとしても、骨が喉に突っかかって、ゲーゲーしているのを見れば、百獣の王という名が廃《すた》る。草を食《は》んで下痢でも起こしていたら、見るに堪えられない。やはり百獣の王は肉食だ。馬が肉や魚を食べているのを見たことがない。肉を食いちぎっている様は想像できないし、魚を骨ごと噛み砕く獰猛《どうもう》さは想像できない。草食で落ち着く。パンダは笹ばかり食べている。もっとも動物園の観覧時間でしか見た事がないからそう思うのだけれど、知らないときに笹のしぼり汁とか青汁を飲んでいるかはわからない。でも肉や魚は食べないだろう。そうそう、我が家の金魚は毎日同じ餌で嬉しそうなふりをする。思えば何でも食べてしまうのが人間だ。人の知的欲求の最たるものなのだろう。それはわがままということでもある。

そこで人は頭が悪いのかということだが、他の生き物と比べれば、格段知識は勝っている。

が、馬鹿だ。いいこと、悪い事の区別ができない。自然界は己の領域で生存権を主張しているが、人間が馬鹿ゆえに不可侵域に侵入するから討たれる。ひとつの例が、何でも食べるからどこかでコロナが怒り狂った。本来食してはいけないものがあるのだ。馬鹿に気が付かなかった。無知だった。人はコロナ禍で恐怖のただ中にある。今人間に米しかなかったら、人は飽きてしまってたちまちにして死んでしまう。雑食で生きるものの弱さが痛いほどよく分かる。スズメは米だけあれば、しかも水がなくても生きられるのだから、人間は地上で一番偉そうな顔しているけれど、何と弱い存在だろうか。人は米と水だけでは命を持続することができないことを考えれば、普段は何と贅沢であろうか。食べ物に文句は言えなくなるが、憶えてしまった料理を捨てるわけにはゆかない。だから人は与えられた生存権の領域の中で、これまでの好き放題を見直して、料理の恩恵に浴したい。料理は雑食性の人間の、弱い立場の上に花開いた陽炎《かげろう》のような文化である。

今日の教訓　食材・料理を捨てることは、間接殺戮《さつりく》である。

2020.5.20

運河で思い出すこと

ショーケンこと、萩原健一さんが亡くなったという報が出てから久しい。私が大学生くらいであったか、人気が出て若い女子が騒いだ。記憶では確か魚屋さんの息子ということで、もしかしたら違うかも知れないが、そのうわさの魚屋さんの近くをよく通ったものだ。この辺だと思いながら見たわけではない。急にこの話が出たのは、私の記憶の中にショーケンが甦ったからだ。それは以前に訪れたオランダの写真を見ていて運河が出てきたことによる。

既に40年近く前の話になる。私が学生を数名連れて、南仏からパリに戻った時のことである。大学時代の友人で、東映系の映画の助監督になったのがいる。当時オランダで映画を撮影していたらしい。同じ時期に私の別の友人がパリで絵を描きながら生活していた。助監督から話が回ってきたようだった。パリに戻った私は彼と会うことができた。その時彼が切り出した。「お前、映画に出ないか?」急な話で半信半疑だったが、かれは続けて「ショーケンも出るし、岸恵子も出るけれど……」二人は当時日本では大変な売れっ子だったし、私は相手にとって不足なしとは思った。「それで、何の映画?」と聞けば「雨のアムステルダム」という。その時一瞬思ったのは、引率の学生がいなければ……ひとつ……。だが、そんな時間はない。そこで無理だとは思ったが、どんな役柄かと聞いた。「何か、日本人の商社マンで、オランダの運河に浮いて死ぬ役だ」そのひとことで私ははっきり気持ちが決まった。無理だと。私は泳げない。役どころかほんとに死んじまう。話はこれで終わったが、日本で公開された時、後日教室で学生に聞いてみた。「雨のアムステルダムを見た人は……？」数人の手が上がった。「その中で、日本人商社マンが出てきて、運河に浮いて死んだ場面はあったか？」「ありました」印象が強かったようではっきりした返事が返ってきた。「あの役は、ある日パリで私に回ってきたけれど、今みんなに会えて嬉しいよ」参加していたら、死んでいたに違いない。

今日の教訓　甘い話には危険が伴《ともな》う。

2020.5.20

見える物、見えない物

人の習慣というのは、そこから抜け出られないという力に縛られているようだ。年を取ってくれば膝痛《ひざつう》とか肩痛《かたつう》とか、いろいろ芸達者になってくる。仕草が今までとは違って専門？の動きになる。左足の膝に痛みが出て、歩くのに違和感があり、整形外科に世話になり、リハビリにも通って、更にコンドロイチンとかいう薬も飲み始めて、攻め来る膝痛に対する防衛戦となった。外科もリハビリも医師との約束ならば忘れるはずもないのだが、薬はいい加減な自分との約束だからだろうか、つい忘れて気がつけば何日も飲んでいない。常に食卓の上に置いて忘れぬようにしてあるのに空振りも甚だしい。左側の手の届く所にあるのだが、何故か見落とす。ある日この薬瓶を意図があったわけではないが、右側へ50センチ移動した。それからというもの食事のたびごとに薬に手が伸びるようになった。目というのは、いつも見ているところがあるようだ。だから自身特有の視角の中に大事な物を置くというのは、生活の潤いにつながると言えるかも知れない。おかげで膝痛が楽になった。手の届く身の回りでも見ていない空間がある。そこに置いたものを、一生懸命探していることが多くなった。しゃーないと言って紛らわすが、急いでいる時は焦る。

今日の教訓　必要な物は、視角の中に置けば必ず見る。

2020.5.21

除草

人は前姿の見てくれには気を遣うけれど、後姿には寛容だ。顔に化粧はするけれど、後頭には顔のように時間をかけて細工はしない。できないから仕方ないのだが、後ろから見られるとなんとなく気が引けるものだ。後ろめたさなんていう。

ところで住まいについてはどうだろう。我が家の場合、前姿はそれとなく時々気を遣って手入れをしているが、後姿はどうかというと細工なしだから不細工である。裏までたった数メートルだから、いつでも行けそうなのだが、行かない。円筒型の家ならば巡回しやすいのだろうが、四角いと、角を曲がって直進するのが思いつかない。何なんだろう？数日前に防犯カメラの点検に裏へ回った。何と辺り一面……ドクダミ。

私は思い始めたら〈すぐやる課〉。むしり取り始めて一時間。終わってやれやれと思えば、まだ取り残して虎狩《とらがり》状態。雑草は強い。ご近所さんは手入れが良くて、雑草も生えていないし、あってもそこそこだ。除草剤を使っているのだろうか。

小さい時に雑草のように生きろと言われ、抜けども抜けども目を出す草の強さに教えられ、その心は今も消えない。引き抜くことはためらわぬが、除草剤で根から絶やすことはしない。草を殺し、土をも殺すことになって、いつか痛い目に遭うだろうと私は思う。土の中で生きる雑菌、草、人……みんなが共存。

虎狩になったドクダミを顧みてホッとした。忘れた頃にはまた這いつくばっているだろうな。

今日の教訓　根絶は一時の気晴らし、出る芽を奪う。

2020.5.28

笑える時はまだ若い

友人仲間が書いたという川柳が送られてきた。50作以上だが実に傑作だ。私の思い当たるものが多い。作者名がわからず、了解を得ていないがいくつかを引用させて頂く。

紙とペン、探している間に、句を忘れ
恋かなと　思っていたら　不整脈
医者と妻　急に優しくなる　不安
延命は　不要と書いて　医者通い
…

早速、何人かに伝えたが、早々に何かを感じて可笑しがる人と笑えない人が居る。女性の方が感性があるようで反応が早い。男性は妙に納得しているのか、それほど楽しんでいないようだ。この違いは何だろう。高齢者にまだ手の届かない、高齢以前の人は他人事と思うのか、即座に笑う。浅い高齢者と深い高齢者、笑いの量ににじみ出る生きる力の付加価値。相当な高齢者になると、自分のことと思っているのか、時にひきつって笑ってる。それとも理解できなくて、隣に合わせているのか。これは別の問題だ。

川柳を作る人の冴えは素晴らしい。笑って楽しんで、遊んでいる顔は見えても、そのために机に向かって真剣に考えている顔は浮かばない。川柳作者もやがて年を取る。だが笑う停年はまだまだ来そうにない。

今日の教訓 笑うかどうかに福来たる。（こんなタイトルの本を見た。著者に使用許可は得た）

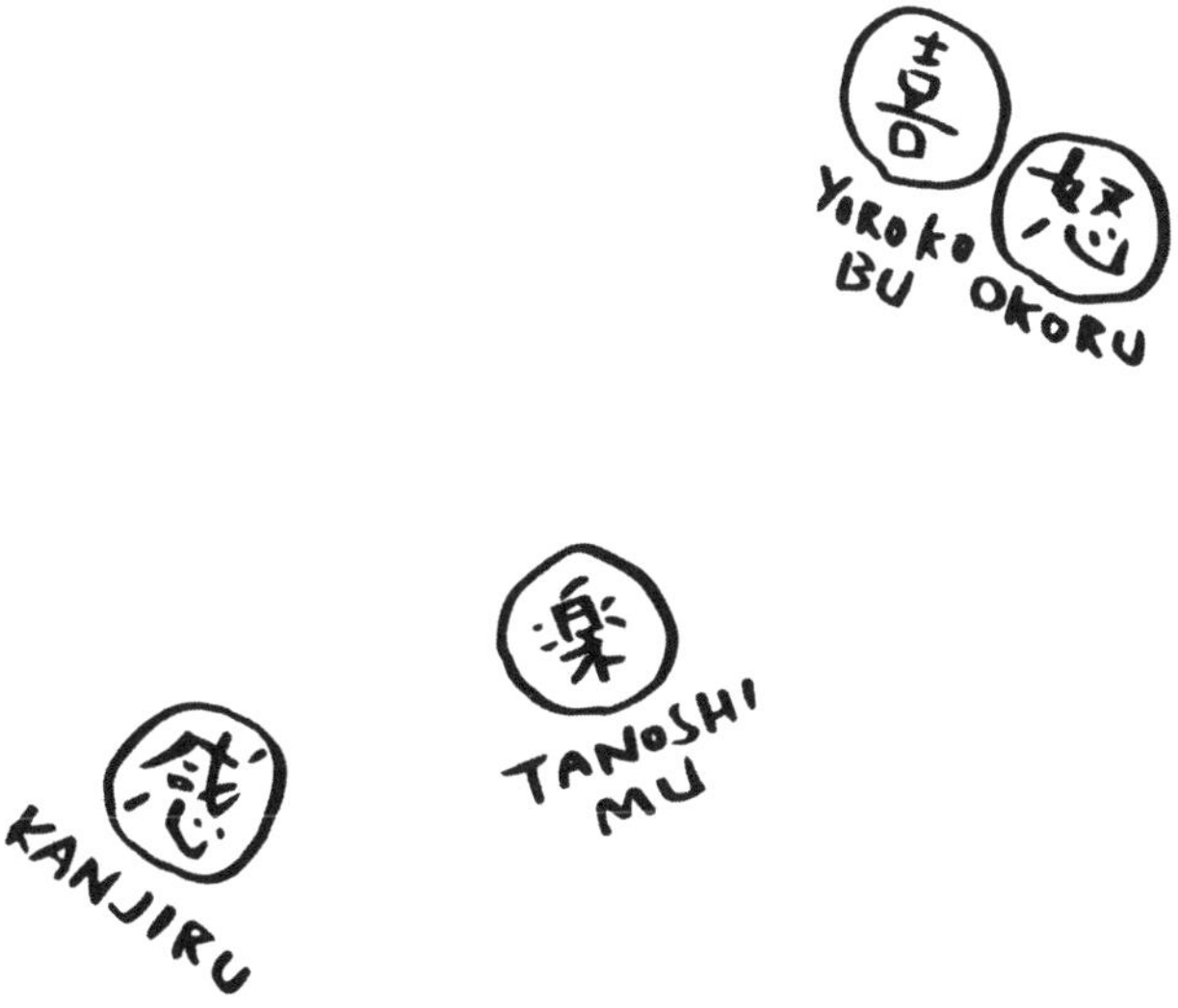

2020.6.23

給付金を無駄にするな

新型コロナウイルスが２０２０年初頭から世界を恐怖に落とし入れた。日本も連日の感染者数と死者の数が報じられる。三密（密接、密集、密閉）を守れと緊急事態宣言が出され、外出しにくくなった。医療崩壊とか医療従事者が感染し、人手不足が深刻になった。人の集まる店が一時閉店の憂き目にあった。その保障として全員一人10万円が支給されることになった。１２０兆円が支出されるというが（後に12兆円であったことに気付く）、それだけでは一時の気休めだろう。今こそ国民の連帯が発揮されて、これから先永く安心できる社会を今から作らねばならぬと素人ながら考え付いたのが、政府に陳情して、誰かの共感を得ること。まあさっと流されてしまうのは覚悟だが、私は気持ちを落ち着かせるためにもとにかく一筆送った。こころある人が必ず居るはずだと信じて……４月28日。

【入力内容】

ご意見・ご提案の分野：政策評価、行政評価・監視、行政相談

タイトル：10万円給付にあたり、提案。

ご意見・ご提案：この度のひとり10万円給付につきましては、よき決断であったと喜んでおります。ただ人により賛否両論ありますが、全額が生活に必要な人、余裕があり貯金しようとする人、溜まったストレスを解消するために使う人など……それは自由で構いません。そ

こで給付に際し、国民にこんな提案をしたら如何でしょうか。「1. 国民全員が給付金を受け取る。」「2. その後、自分の生活具合に応じて寄付をする。」その額は全く自由であり、寄付しなくてももちろんいいわけで、その寄付で集まった金がどうなるのかをはっきりと国民に伝える。私は「3. 寄付の返還金で、新たに病院を多く建て、医師、看護師を育成する」ことがいいと思います。現状を目の当たりに見て、あまりにも悲惨すぎます。尊い命が奪われ、医師、看護師の皆さんの心労と焦りなど看過できない問題が生じました。寄付の返還金で、病院を建てることと医療関係の具体的な充実案を国民に約束する。このように国民を守る態度をはっきりさせて、政治の信頼を回復する必要があります。120兆円支出して、私は寄付として返還される額は数兆円にはなると思うのですが、素人なのでよく分かりません。ただ今は日本人の健全な命を担保する時です。国民全体としてみれば、僅かでもしばらくの間の生活費を受け取った安心感、と同時に病院など医療設備充実のために参加、貢献したという連帯感が生じるはずです。3・11の大震災の時に津波が来て、コンビニから人は逃げましたが、後で金を払いに来たのを見た外国人記者が、日本人はどういう民族なのかと驚き感心し、世界に発信しました。これが日本人だと私は誇りに思います。コロナで亡くなった方々には本当に気の毒ですが、その方々の遺志に報いるためにも、ぜひ実行をお願い致します。私ははっきりした案が出るまで給付金は大事に保管しています。

お名前：小島　慶一

電子メールアドレス：……
在住都道府県名：埼玉
国名：
同意：同意する

総務省

これに対してすぐに次の返事が来た。5月1日

ありがとうございました。
総務省へ以下の内容が送信されました。
なお、このメールは自動配信されたものです。
このメールアドレス宛に返信いただきましても、
担当者にはメールが届きませんので御注意ください。

その後、朝日新聞の「声の欄」に同様の趣旨で投書、更に「今できること」というネットに投稿。これは河北新聞への投書のようであったが、いずれも無回答であった。

今日の教訓 良いと思うことは、すぐ声に出せ。

2020.6.23

緊急時に伝える

「津波が来るので山へ逃げて下さい」という言葉と「津波だ」「山へ」「逃げろ」という言葉では、どちらの伝言が解りやすいか?或いは伝達力があるか?

言葉は記号だ、信号だ、暗号だ……といって難しい理屈を披露して納得させられても、だから何なのだ。記号でも何でもいいから判りやすく、伝達できることが必要だ。受けのいい文章とは文芸であり、学問に任せればよい。

新型コロナ騒ぎで「外出自粛」とするか「外出を自粛するようにして下さい」どちらが伝達に有効なのか。この場合「～するようにして下さい」が緊迫感を薄めている気がする。こうした緊急事態の時は、言葉をできる限り短く、最低限の情報量を含むイメージ単位を出すことだ。ただその時に日本語に立ちはだかるのが、敬語だ。丁寧に言わないと失礼になるという、本来は美しい人間関係を表出しているのだが、緊急の場合は命に係わる。ましてや日本語にやたらと外国語の模写発音を入れるから、余計に解らなくなる。緊急搬送の際に患者が多すぎて誰を運ぶかという時に、トリアージという言葉が出てきたし、終息に向かい始めた時に、第二波が起こってその時には、アラートという言葉が出てきた。何割かの知識人には普通であっても、日本人一般庶民を、言葉の暴力、言葉の格差で痛めていないだろうか。言葉で理解させるためのこつは、浮かび上がる言葉を連続せずに、およそ1秒ごとに区切りながら話すことであると私は考えている。これは日本人に限らず、すべて人の生理的理解に関係している。

今日の教訓　緊急時には言葉を刺せ。

2020.6.23

私は水

人は水の流れの如くに進めばいい。山あれば避け、火あれば消し、壁あれば迂回する。川の流れに目を凝らせば、水の歩みの優しさ。無理せぬしなやかさ。勇んで当たれば、砕け散る。水の流れは変幻自在。そして私は水になる。この邂逅の瞬間は、今にして、しかも永遠。消え果てても、誰知らずとも、永遠。私の大事な宝。人はみな、秘める宝を語りはしない。

今日の教訓　人は無限の形で財宝を隠し持つ。

2020.6.24

大人の世界

友人同士と思《おぼ》しき男女二人が、落ち着かぬ様子で歩いていたら、若い警官が来て職務質問をした。「二人の関係は？……」と言うので「男女の関係で～す」警官は何も言わずにゆっくりと去って行った。二人はよく分らない複雑な気持ちだった。誰が一番大人だったろうか？

今日の教訓　無理なき言葉は剣に勝る防具。

2020.6.26

人に会う

コロナで人と会わずに四か月。今日は切れた電球の代わりにＬＥＤの新品を買いに家電に行くと決めた瞬間、嬉しくなる。人が居る所に行けるというのが、こんなに心騒ぐのかと不思議だ。普段すれ違いに挨拶することとは違う。それは儀礼に過ぎない偽りの方便だからだろうか。相手にも依るだろうけれど、いつも人ごみを避けていた私が、人ごみを求めるようになっていたのは、無意識の不安があったのかも知れない。静かな自然の中での自分を求めていたのに、その時々の自分とは反対の事を求める自分を見出した。買い物で人と話せるということだけで何やら前向きになる。人が居ることに意味がある。そこに言葉があることに意味がある。人社会の永遠は、至極単純だと気付く。

今日の教訓　人社会の尋常は人が居て、言葉があること。

2020.6.29

使用前・使用後

大好きなさくらんぼ。さくらんぼの季節がやって来た♪。双子の娘が顔を出し、私に向かって言うことに「今生のお別れに、貴方に会えたは何かのご縁。私の思いをどこかに留めて下さいな。」この双子の姉妹の一生は、はかなくも私の手に罹《かか》って消えてゆく。数ある中での邂逅に私の胸も落ち着かぬ。心を鬼にして、いざ行け～。食前、そして食後のさくらんぼ。

今日の教訓

人でも物でも一番美しい姿は、記憶に消えることはない。

2020.6.30

愛と行動力

いつの時代にもよくありそうな話。出会い運はあるのだが、男気が功を奏さない男の話。

インタビュー編

――あなたは女性が好きですか?

――嫌いじゃないです。

――それではあなたは女性が嫌いということはありますか?

――好きになるほどまだ女性は知らないです。

――それであなたは気持ちに焦りはありますか?

――焦り過ぎて言葉になりません。

――?・?・?

今日の教訓 言葉無くして愛は無い。

2020.7.1

富岳

算盤《そろばん》が得意で、勉強はまったくしなかったが、計算の天才と言われた男が居た。とにかく速い。頭の構造が普通とは異なり、誰もが彼の異才に目をつけていた。ただ勉強は一切しないので、かれは「不学」と言われた。こういう人は歴史の中で時々現れる。例えば江戸時代に富士山の絵を無限に近い角度から41京《けい》回以上を一瞬にして描いた……ということはなかったが、時間をかけて36景描いた。今日の東京都葛飾区の北西に住んでいたかというと、生れは墨田区だったらしい。誰だかもうお分かりだ。めっぽう奥ゆかしくて、人と会うのが嫌いだった。出会うものなら「36計逃げるに如《し》かず」とばかり退散した。彼も勉強はせず、絵ばかり描いていたので、やはり「不学」だったかどうかは判らぬが、葛飾北斎さんには富嶽36景から、「不学」にまで貶《おとし》めてしまって申し訳ない。

ところで、先日、富岳という超スーパーコンピューターが開発された。世界一の計算能力とかで、その期待度が多方面で想像を超えているらしい。専門家の能力には畏敬の念を抱くが、「富岳の士」に対抗する「不学の徒」も人のために何かをしなければいけないのが現代だろう。

今日の教訓 誰でも何かを始めれば、才能が見つかる。

2020.7.18

聞こえぬ声聴きながら一日が過ぎる

まず起床後すぐに、仏前に手を合わせ、今日の無事を祈念する。父母、恩師、友の冥福を祈る。一日の始まり。この頃は、何か一つ行えば、それで達成感ありの一日となる。朝食後に机に向かい、新聞に目を通す。これは習慣だから仕事とは関係ない。食事することと同じだ。一時間半くらい読んでから仕事を始めるつもりなのだが、政治の話など頭を使う記事を見つめていると、いつの間にか新聞を見ている格好をしながら眠っている。周囲の音は聞こえていて、眠っているのを承知しながら眠っている。何かの拍子にぴくっと目が覚め、気持ちを元の軌道に乗せるために軽く手足を振る。日によってはそのまま昼寝のためにベッドに入ることもある。そんな日はあとから無益に過ごしたと虚しい気持ちに襲われる。コロナ禍で自分なりの生活スタイルができてきている。一日ひとつの仕事、それは手紙を一通書いたらそれ以上は自由。本を数ページでも読んで疲れたらそれでオーケー。ペンを執って何か思いついたことを書いたら、その日は終わり。前に描いた油絵を見直し、ある部分を別の気のすむ色で塗り替えたら満足。昔のＤＶＤを一本見たら、その日はもう何もしない。ＣＤを聴いて、飽きたらもうそれでいい。結局趣味を日替わりメニューで回しているだけだ。俗だが楽しい。それでもう夕食の時間に近づく。夕方5時近くに家を出て、外食する。往復30分の歩行は体が固まらないための軽い運動だ。夜はテレビをかけても若い人向けの番組が多くて、選択に苦労する。何かを見ようと試みるが、だいたい失敗する。ニュースは欠かせない。それでも時間があるとペンを握っている。これは癖で粋ではない。テレビで映画や古典芸能を鑑賞しながら、高級な酒でも飲むくらいの心の余裕があればよいのだが……

寝る前に一日の無事を感謝し、仏前に手を合わせる。明日は何をしようかと計画をたてる。思いつかなくて、寝ながら考えればいいと、寝床に入る。計画どころか眠ってしまう。

今日の教訓　時間は何も言わない指導者。

2020.7.22

コロナの功罪

コロナ禍で日常がめちゃくちゃだ。外出自粛を余儀なくされて、恨むはコロナだ。だが、よく考えれば、この夏の殆どの海岸は遊泳禁止だ。毎年多くの事故死が出るが、おかげで今年は水難事故は限りなく減るだろう。コロナを恨んでばかりもいられない。今、人間はコロナと熾烈《しれつ》な戦いだが、コロナが教えてくれたことは、人は自由、勝手、気ままな振る舞いで、人に迷惑を与えるということ。人は疑心暗鬼の中で、互いに攻めと守りで睨《にら》み合うこと、それでいて人は誰かを求めていること。人の醜さを露呈した。同時に人の誠実さと情熱を限りなく知らしめた。命の大事さを教えてくれた。人の美徳が完全に悪徳に勝ったと言える。しかしコロナは人社会には危険不要物。人を喚起する役割は終わって、もうこの辺で立ち去るべき時が来た。

今日の教訓　悪は教訓を残すが、それを責める人の受け皿は限りなく小さい。

2020.7.22

もったいない?

後期高齢者医療被保険者症では、一部負担金の割合が前年度の収入によって、一割か三割になる。一割になったその年には、折角なので病気にならないといけない。もったいないから負担一割のうちに恩恵を受けよう?

地下鉄に乗った。新品車両で人がまばらだ。座席はまだ誰も座っていない臙脂色《えんじいろ》のビロード。だが次の駅で降りなければならない。迷った挙句《あげく》、もったいなくて終点まで乗った。支障はなかったが、複雑な思いは残った。

今日の教訓　もったいないは、必ずしも美徳ではない。

2020.7.30

天井から声が……

この数日、居間に居るとポーンという感知音が鳴る。何の音だか、どこが鳴っているのか判らない。警報器が何かを感知して鳴っているのかといろいろ調べても異常はない。気持ち悪くなってきた。鳴る間隔が1分位から30秒になって、ますます不気味となった。居間を出ようとしたら女性の声が何かを言った。びっくりして戻ったが判らない。困惑していたら「電池が切れました」という声が天井から聞こえた。ポーンという音はここに至るまでの準備音であったようだ。10年以上も前に取り付けた火災報知器の電池が切れた知らせ音だった。訳が分かって安心したが、電池を見たら見慣れぬ形のもので、これは専門店に行かねばならぬと気が重くなった。予備があればと一瞬思ったが、こんなもの見たことがないので、気持ちは早くも遠くの家電。その時思ったのは、「憂いあれば、備え無し」。ところで何かの部品や、がらくたをしまってある引き出しがあって、無意識に開けてみた。おやっ！火災報知器電池と無造作に書かれた文字が目に留まった。小さな箱を開けてみれば……あった～!!ということで問題可決。その時思ったのは「備えあれば、憂いなし」逆もまた真なり。どっちが本来だったか？

今日の教訓　ひとつ失ったら、ひとつ穴埋め。

2020.8.1

蝉が鳴いた!!

今年は雨ばかり。梅雨の季節が連日の大雨で、球磨川、最上川の洪水、水害で、多くの死者が出た。7月も末になれば至る所に蝉の声が聞かれるのに、7月23日はまだ鳴かない。地下で洪水のため水死したのであろうか。待って、待ってやっと7月28日、裏で鳴いた～!!ミーンミンミン。駅へ行く途中、また聞いた。ジリジリジリ。この日から毎日至る所で蝉が鳴く。蝉は何でも知っている。もうじき梅雨が明けるのだ。九州、四国が梅雨明けた。関東は8月1日になってもまだ明けない。予報では明日あたり……とか言っている。

8月1日、午後梅雨が明けた。

2020.8.2

8月2日、30度超えの夏日。駅に向かう途中でツクツクボウシの声を聞く。あれ～っ!!もう秋がくる。この蝉が鳴くと次第に暑さが和らいでホッとするが、今年は何だい？その後あちこちでミンミンゼミとツクツクボウシが鳴くようになった。天気予報では連日33度くらいの暑さが続く。私の予想ではあと一週間ぐらいで涼しくなるかも。本当か？

今日の教訓　生き物の生活リズムを疑って、異常気象を察知せよ。

2020.8.5

本物って何？

こんなことを感じたことはないか？偽物はしゃしゃり出るのですぐわかる。けれど、本物は隠れていてわからない。でも本物がある、居るということは解っていても、説明できない。何と歯痒《はがゆ》いことか。長々と文章を書いて、その中でちらつかせても気がつかれない。誰もが求めていることは同じはずだが、皆違う方向を見ている。私が真情を吐露しても、それは限られた極めて狭い一方向である。気付かれないのは当然だ。誰でも心揺すられる時がある。誰でも何かに感動する瞬間がある。その時に眼の前にあった情景が本物なのだろう。言葉にできなくても、真《まこと》の本物に気付いていて、その時は、波のうねりのような高鳴りを感じる。それで感涙、納得する。眼の前に本物が現れていたからなのだろう。

今日の教訓　大事なことは、気付くこと。

2020.8.19

どうでもいい話

テレビでの話題だが、ヤクルトを飲む時、ふたをはがすか、或いは歯で穴をあけて飲むか。視聴者の飲み方割合は、はがす派88%、穴開け派12%。ネズミなら穴を開けて飲む姿も想像できるが、別に飲み方なんてどうでもいいじゃ～ないか。上品な席に座っている時に、いきなり歯で穴を開けて飲むのは、周りが驚くから辞めた方がいいが、だいたいそのような場所にそのような飲み物は出てこない。こんなことを話し合ってる日本人は幸せなんだな～!!（フジテレビ、ノンストップ。２０２０・８・19）

今日の教訓　人は満たされると話題が貧しくなる。

2020.8.19

トンでもない迷惑

２０２０年８月19日のテレビでは、首都高に一頭の豚が歩く姿を放映。何処から?車がブーブーと鳴らしたが、素知らぬ顔で前進するだけ。暑さの中で顔が歪んでいる。運転中に見たドライバーが言った。「見ろ!豚面（トンヅラ）だ。」運送中の車から逃げたらしい。豚にとっては何が何だかわからずに、焼け付く道路に放り出され、しかもクラクションを鳴らされて、行き先もわからずに、ただの迷惑では済まされないもやもや感で怒り狂っているに違いない。この豚にも言い分はあるはずだ。問題は人が起こしたものだから豚を責めてはいけない。

今日の教訓　人は責める前に自分の行動をまず顧《かえり》みよ。

2020.8.24

空から学ぶ

今、空を見て憧れなんて感じるだろうか。空はパラダイスなどと考えるのは若くて、夢のある時のこと。かつては青空を眺めながら、外国に行きたいと胸弾ませたが、今は飛行機が怖い。空はとんでもない空間だ。ところがそんな空を嬉しそうに遊泳する連中が居る。それは本心なのか、訳ありの行為なのか?空中ダイビングとかいって、飛行機から飛び降りる。その瞬間の動画を見るだけで下腹のあたりがむずつく。朝な夕なに見る空はとても美しいが、実はいたる所で雷、台風、大雨だらけだ。人は空を美化し過ぎている。本来空には畏敬の念を抱かなければいけないのである。天国と地獄が共存していて、空恐ろしいのだ。年取ってくると夢なんてものではなくて現実を語るから、それまで見えなかったものが見えてくる。

今日の教訓 青春は現実に厚化粧したもの。落ちない化粧はない。

2020.8.24

日本語の音声の流れ

東京の人が「橋を渡る」と言ったのを、大阪の人が聞くと「箸を渡る」と捉える。「箸で食べる」のは「橋で食べる」となるからややこしい。だが現場では混乱はない。日本語って何だろう？このことを感じる人と感じない人が居るはず。試《ため》しに「ありがとう」を東京の人、大阪の人、金沢あたりの人が言った時、内容は同じなのに何かが違う。同じなのに違うって、日本語はどういう言語か？音楽の世界では、音程がずれるのは論外だ。日本人は音痴の集団か？でも音痴が真面目な顔して歌っているのを聞いて、腹抱えて笑っている日本人だから、言葉は音楽とは別である。意味が優先すると、同じ音の連続でも、音程は役割を失うのだろう。早い話が、日本語は平らに言っても意味は通じるということになる。

今日の教訓

日本語の個性を見直そう。

2020.8.24

不（無）精者

武将の子供でも出来が悪くて、点睛《てん》を欠いているのを「ふ将（不肖）の子」という。一文字で書けば「、物」くらいだろうか。点で物にならないとか、昔流行った。ところで現代では、太った人が猛暑日に外出するのを憚《はばか》って、それが習慣になった時、それを「デブ精（出不精）」とか言う。それから太ってはいないのだが、暑い時は物を書くのが嫌になる。それで「不デブ精（筆不精）」とか言われる。こういう話は一文字で「話゜」。マルで話にならないなんて……。

今日の教訓　冗談の受け皿が大きいほど人生は楽しい。

2020.8.29

最近の腹立たしいこと

8月になって連日の猛暑続き。天気予報が的中し過ぎて腹が立つ。以前は予報もよく外れて、それほど頼りにならなかったものだが、今はそれが懐かしく、そうあって欲しい。今日も朝からガンガンと照りつける。天気予報、嘘でもいいから晴れのち曇り、雨くらい言って欲しい。いい加減でもいいから、一時的な安堵予報を出して欲しい。ただ毎回出したらオオカミ少年になる。

今日の教訓　苦しい時は嘘をついても悪とはならない。

（お釈迦様は嘘も方便と言っている）

2020.8.29

日本語は思考の空間を拡げる

「倣う」読めますか？「ならう」だけれど、「倣る」はどうですか？模倣の「倣」だと解れば、敷衍して「まねる」と読めるだろう。思考の道筋が張られていて、日本語は迷路での宝探しだ。言葉で遊べる。遊びついでに「まねる」は真実に似せるのだから「真似る」。だが「似る」は「にる」であって「ねる」ではない。どうして「まにる」と読まないのか？まにる[majiruɯ]とまねる[maneruɯ]。

ちょっと遊ばせてもらおう。日本語では[i]に先行する[n]は[ɲi]であって[ni]ではない。このことをまず頭に入れておこう。[ɲiruɯ]に於いて[ɲ(i)]は舌背音。日本語の「に」はこの記号で表す。[ni]は舌尖を使う音で、英語やフランス語にはあるが、日本語にはない。[ɾ]は日本語特有の弾音といって、舌の先を弾く舌尖音である。舌背[ɲ]と舌尖[ɾ]を用いた[ɲiruɯ]は発音しにくいので、舌背[ɲ]の代わりに舌尖[n]を用いる[ne]を使い、[neruɯ]とし、共に舌尖で処理しやすい発音となった。[i]が[e]になったのは、a－e－iの口の開→閉の変化の中で、先行[ma]の[a]の開口から[ɲi]の閉口[i]まで移動する際に、途中の[e]で止まった。同化作用のひとつだが、可能性としては[ɯ]との同化で[manoruɯ][manuruɯ]の方向もあったと思われるが、先行の[ma]の前舌[a]の影響でa→eに落ち着いたと考えられる。

小難しいこんな話はどうでもいいこと。聞かなかったことにして、初めから[maneruɯ]があって、それに当て字、真に似せるということで、「真似る」ができたと考えれば納得しやすい。

今日の教訓

小理屈は興味を半減させる。

2020.9.4

カンヌ滞在記

一年目

40年以上前のことだが、学生、社会人合わせて7人のカンヌ研修旅行を引率した。スウェーデンのある会社の企画で日本では初めてというものだったが、私に依頼があり、初めての外国行きで自信はなかったが、将来的にはこれが最初で最後かと思い腹を括《くく》った。

1．チューリッヒ乗り換え、ニース行き。そこからカンヌに入る。この旅程で出発した。ところがチューリッヒの空港ストで着陸できない。上空を旋回しながらやっと着陸した時には、ニース行きの便が既に出発していた。チューリッヒ空港のロビーでアナウンスが私の名前を呼んでいる。カウンターに行くと、電話番号らしきものが書かれた紙切れを若い女性が私にくれた。そこに電話しろということだったが、何もわからない。するとその女性が分厚い電話帳を持ってきて、行ってしまった。冷たい女だと思った。呼び返した。向かいにボックスがあってそこで待っているように言われた。待てど待てど15分位か。何も変化ない。女性は、外国人がよくする例の諸手をあげて仕方ないと言う動作をして黙ってる。私もちょっと諸手を控えめにあげてその場を立ち去った。学生たちはソファーで騒いでいる。恨めしい思いで横目に見ながら、カウンターでホテルを見つけてもらい、その晩はまず寝る場所を確保してほっとした。

2. ヨーロッパの朝食は素晴らしかった。初めての朝。ホテルの庭に分厚い腐りかけたような木のテーブルがいくつも不揃いに散っている。その一つに皆が集まって朝食となったが、パンくずを求めてスズメがたくさん集まってくる。手のひらに乗ってパンくずをつつく。これがヨーロッパなんだ!!

3. 私はおちおちしていられない。責任者なのだ。市電に乗って空港へ。ニース行きの飛行機に乗って、まずはニース空港に到着した。昨夜の紙切れに書かれた電話番号を頼りに電話を試みてもツーツーいうばかりで誰も出ない。今夜もまたホテルか。不安が募る。ホテル代は自費だから参加者から苦情も出るだろう。朝9時ごろにニース空港に着いたが、それからカンヌの事務所とどう連絡を付けるのかがわからない。こんな事故を予定していないから、事務所との連絡方法も日本で打ち合わせも何もしてこなかった。黙っていても順路に従えば、カンヌに到着するはずであった。が、そうは問屋が卸さないというのが人生か?慌ててはいけないと自分に言い聞かせて居直った。11時過ぎ頃だったたか、一人の女性が私に近づいてきて、「Monsieur Kojima?」と聞かれて、「いやー、助かった!!」これで緊張が瞬時にほぐれた。

4. マイクロバスが来ていた。それでカンヌにやっと到着した。一家族に一人滞在ということで、カンヌの駅前にはそれぞれ受け入れの家族が迎えに来ていた。ニースに我々を迎えにきた女性は手際よく、それぞの家族に学生を振り分けた。学生たちは嬉しそうな、不安げそうなよく分からない表情を見せながら散り散りに消えて行った。

5．翌朝からは夏休みで不使用の小学校が研修場となり、初日はそこに各家族が学生を送り届けた。すぐさま昨夜からの状況を皆が話し出した。参加者の中に私と同じ年の画家が居た。フランス語は「ウイー」「メルシー」「ボンジュール」は惜しみなく発したが、それ以外はからきしだめだった。彼の家庭の昨夜の状況はこうだ。ちょっと年配の女性が一人で切り盛りしながら、他の国の学生を数人受け入れている家庭だった。自分の子供や旦那は居なかった。夕食に皆が集まった。そこでマダムが彼に聞いたそうだ。彼が言うには、マダムが日本からどうやって来たのか、と聞いたようだと彼は感じて、とっさに答えたという。何しろ飛行機で来たと言いたくても単語を知らない。そこで彼は言った。我々に話す時は既にもう一晩過ぎて、口調がフランス語づいている。「トウキョウ、パァーリ、ブ～ン」といって手を大きく弧を描いて仕草で見せた。すると彼女は「ウイ」と言ったそうだ。すると話が込み入ってくる。男が何人、女が何人と聞いてきたようだと彼は感じて、男も女も、そんな単語を知る由がない彼は、生物のオス、メスの記号を傍にあった紙切れにさっと書いて見せたら「ウイウイ」と言ってくれたと自慢げに話した。彼を囲んで、他の参加者たちは熱心に聞き入っている。彼とマダムとの会話は本当に内容が通じていたのだろうか？

6．カンヌ滞在も数日過ぎた。7人の学生も何となく生活に慣れてきたようだ。ある日私は画家のS氏のホームステイ先に遊びに行った。ベルギー人だかどこか北欧風の髭の生えた30歳くらいの男が居た。私と目が合ったとたんに直立不動になって、〈Bonjour, Monsieur〉といって敬礼された。何とも堅そうな男であったが、行くたびにその姿勢は変わらなかった。名前はわからなかった。いつかその男がドアの向こうで、大きな屁をたれた。それ以来我々の間では〈へったれ〉と名前が付いた。後日、S氏が隣室のドアを間違えて開けてしまったら、中で若い女性がある男といちゃついていたのを見てしまったと教えてくれた。それでその女性には〈いちゃいちゃ姉ちゃん〉と名前が付いた。S氏は会話は不得手だから、当然ステイ先の連中とも話が通じていない。ある日、そこのマダムがホームパーティを開くので、我々日本人グループを招待するという話が出た。我々は喜んで参加した。いざパーティが始まった。自己紹介があったものの、そんなのいちいち憶えていられない。我々の間では〈へったれ〉と〈いちゃいちゃ姉ちゃん〉は承知している。パーティも佳境に至ればもう人の名前はどうでもいい。酔ってしまえば恥も外聞も無くなる。それまでMonsieur, Mademoiselleで呼び合っていたのが、いつの間にか〈おい、へったれ〉。言われた方は　Ouiと答えてる。〈おい、いちゃいちゃ〉。いわれた姉さんも　Ouiと答えてる。そのたびに日本人同士で盛り上がっている。彼らにしてみれば、日本人はへんなところで笑い転げて何たることだと、いぶかしがったことだろう。日本人は可笑しな民族だと思ったに違いない。確かに彼らはずっと冷静に食事していた。まあ、わけのわからないおかしなホームパーティだった。

二年目

7．翌年も同じ研修旅行は続いた。今度は参加者13人だったが、昨年のようにのっけからの混乱はなく、スムーズに現地入りした。同じように家族に配分され、翌日学校に集まった。早速授業が始まった。講師として登場したのが、アンドレというニース大学の女子学生だった。研修といっても難しいことを教えるわけではない。ちょとした日常会話の練習をして、午後から市場に行って買い物の実習をするなど、遊びの中にフランス語を取りいれて、生活を経験するという簡単なものであった。クラスが二つに分かれ、一方はまるでゼロからのクラス。もう一方は多少フランス語の経験のあるクラスだった。後者のクラスをアンドレが受け持った。最初の時間が終わってアンドレが私の所に嬉しそうにやって来た。自己紹介の練習をしたようで、同時に日本語で自己紹介の言い方を学生から教えてもらったと微笑んでいる。私は彼女にどんなものかと聞いた。即座に得意げに言った。「わた～しは、アンドレでありんす」思わず笑ってしまったが、彼女は真剣だった。向こうで学生たちがこっち見て「やったぁ～」と言って騒いでいる。「私はアンドレです」と教えたが、アンドレにとってはよく分からなかったと思うし、大したことでもなかったろうが、日本語は考えれば、相手によって言い方が変わるから、複雑に思ったのはむしろ私の方だった。

8．昨年の私の居場所は、クロワゼット通りの、今ではカンヌ映画祭の行われる会場のちょうど目の前の建物の二階のアパルトマンの一室だった。これは住み心地良かったが、二年目は研修所となった小学校の片隅の一室をあてがわれ、そこに寝泊まりした。部屋の格はかなり落ちた。恐らく普段は用務員さんの居場所だと思うが、狭い二畳敷き位の所に簡易ベットが置かれていて、給湯室と茶器が脇に備えられていた。私は日本から即席ラーメンと茶を持って行ったので、不慣れな洋食に飽きた時はそれで息をつくことができた。

ある晩の事、夜中の12時を過ぎた頃、部屋のドアを誰かが叩いた。今頃何事かと思い、そっとドアを開けると、参加者の女子学生がひとり立っている。聞けばお腹がすいたと言いながら、憔悴しきった顔で私を見ている。早速中に入れたものの、ホームステイ先には黙って抜け出してきたという。ばれたら一大事と思うと、早く帰さねばと思う一方、腹が減っていたのでは事態が解決しないと判断。例の即席ラーメンを食べさせて何とか凌ごうとした。彼女は日本食に飢えていたのだろう。そのラーメンを食べ終えると気分を取り戻したように思えた。ほっとしたが今度は、この夜中にひとりで帰ることの危険を感じた。私は彼女の居所を知らない。まったく危険はないと彼女は言うのだが、もっともひとりでここまで歩いてきたのだから、心配はないのだろうが、知らぬ土地での夜中の女性の一人歩きは、男の私でさえしないのに、勇気があるのか、何も分かっていないのか、私はひどく迷った。しかし帰さねばならない。彼女が一人で大丈夫だと言い切ることに信用せざるを得ない。彼女を送り出してから何事もなきようにと私はしばらく目をつむり祈った。翌朝、彼女は元気に登校し、何事もなかったかのようにその後の旅程をこなした。

9．決してきれいな部屋とは言えない居場所だが、住めば何となく愛着がわいてくる。学生たちはだんだんカンヌの生活に慣れてきたようだ。午後は自由時間で、好き勝手に行動できる。私の部屋には時々学生が来て、話しをする。だいたい夜は学生たちと一緒にカンヌの海岸近くの食堂で、夕食を共にする。たまには海岸に並ぶレストランに行ったこともあるが、そこはそれなりの値段だし、そう頻繁には行けない。多く通ったのは中華レストランだ。

ある晩、10時ごろだったたか、私の部屋のドアを誰かが勢いよく叩いた。一人の男子学生が息せき切って「先生、かくまって下さい」何事か? まず中に入れたが、彼は追手が来ないかと聞き耳を立てている。しばらくして落ち着いた。彼はその夜、どこか外国人のグループに入って、海岸で騒いでいたという。そこに警察官が何人も走り寄ってきてそのグループを散らしに来たのか、何かの条例に反したために逮捕に来たのか判らないのだが、その時グループの全員が散り散りに逃げ去り、彼は判らぬままに逃げてきたという。警察に追われていたのだが、もし彼が捕まっていたら、ややこしい問題になったと思うと安堵した。もちろん警察は来なかったし、彼の走りが早かったのかも知れない。

10．出発の日（別れ）。早いものでカンヌの家族と会ってから二週間が過ぎた。別れの日が来た。短い間だったけれどそれぞれ忘れがたい体験をしてきた。カンヌの駅前は広くはない。各家族が見送りに付き添って来た。会話がはずむわけではないが、皆笑顔である。バスがやって来た。運転手さんが降りてきて、荷物をトランクルームに入れ始めた。学生たちの表情が重くなった。ホストファミリーの人と向き合って涙を流し始めた。握手をしたり、抱き合ったりして別れを惜しんでいる。こうした光景は言葉で表せないほど見ていても辛い。こうした僅かの時間の出来事が一生の大事な思い出となる。ひとはそれを心に留めるか、忘れるか。

今日の教訓

旅の経験は、すきま風もある生きるための栄養剤。

2020.9.6

スマホ換え　教訓

5分間かけ放題のスマホを無制限かけ放題に換えた。時間を気にしながら話していた自分にストレスが貯まり、換えたのだが、解放感もつかの間。気が付けば長話しをする相手がいなかった。長く話したとしても10分。話題も少なくて、これから話し相手を探し、話題作りに努力しなければいけない。これも負担だ。スマホに振り回されるのか?ストレスは更に続く。コロナ禍と今夏の暑さの中で、新機種のセットアップでまずつまづいた。取説《とりせつ》を見て、Wifiの取り込みを何度試みても上手く行かない。電話で聞こうとしても、扱う場所に行き着くまでに待ち時間ばかり過ぎて、ストレスが貯まるばかり。それでやっとつながった。ルーターとかいうボックスの脇に書かれているパスワードとかいうものを写真で撮るように勧められ、その後相手はそれを読み取り、私のスマホの画面にチラチラと矢印が走ったかと思ったら、あれよあれよと見ているうちに取り込み完了。機器の進化の驚きと感嘆で思わず感謝の言葉が出たが、相手が間違えたらしく、メールの画面を表示した。私のメールの内容が映ってる。ドキッ!!人に知られたくないような文章は、絶対にスマホの中に残してはいけないのだと痛感。誰かに見られている。どこで秘密がばれているかわからない。スマホには大事な番号は絶対に打ち込んではいけないのだ。

今日の教訓　便利さの陰には、落とし穴がある。

2020.9.7

安堵

姉の旅立ちからちょうど一か月が過ぎた。腹を減らすと機嫌が悪くなった姉だったから、仏前に、今日は葡萄、饅頭、クッキー、おはぎ、日本酒、ビール、紅茶を供えて合掌。目を閉じて……いつもの笑顔が見えた気がした。

今日の教訓　影見えなければ、見えた時以上に強く引き合う。

2020.9.10

もぞつきの貴重な時

起床は毎日必ず8時30分。年を取るとだいたい早く起きるようになるようだが、5時に起きて云々……ということを時々聞く。とんでもない。早く起きて何になる?野良仕事するわけでもなく、机に向かう気力もないから、この時間はゆっくり夢でも見てるに尽きる。6時頃に眼が覚めると、その日は運のいい日。あと2時間半寝ていられるのは至極満足である。それで8時に目が覚めても、起きようとは思わない。冗談じゃない。まだ30分もある。目をつむりながら予定を立てる。徐々に意識がはっきりしてくる。滑稽な文章が浮かぶ。ウフッと笑ってしまう。書き留める。その間30分位か。もぞもぞしながら仕事している。これは怠け者の態度じゃないか?

今日の教訓 決めたことは、やり通せ。

2020.9.10

人の気持ちなんてわからない

作者の言いたいことは何か?余計なお世話だ。読者がどう思おうとも勝手だし、それを試験の問題に出して当てさせるなんて、出題者の満足に過ぎない。ある新聞に出ていたのだが、その問題を作者に問うたら、どの選択肢もあてはまるということだったらしい。私はそれで納得した。中学、高校で国語の試験に作者の言わんとすることはどれかという問いが、必ずと言っていいほど出た。これが嫌いで、だいたい外れた。出題者もよくよく考えての事だと思うが、問題を出す方、それを解く方、両者よく耐えてきたもんだと思う。

今日の教訓　心の通じ合いは妥協の度合い。

2020.9.11

清潔・不潔の境目

こんな夏は初めてというほど暑い。連日35～6度という報道にストレスが貯まるが、実際は40度近くになっている。外出は危険。今日9月11日。やっと多少涼しくなった。汗もそれほどかかなくなった。だから今夜はシャワーでも浴びよう。熱い湯にはいるなんて自殺行為だ。シャワーも毎日なんかは浴びたくない。私にとって風呂は日常を楽しむ優先順位が低い方なので、特別汗をかいたからといって、すぐさまシャワーを浴びたり、風呂に入ったりはしない。2～3日ならば、いくら汗をかいてもしっかり拭いて、下着をすべて取り換えれば風呂上り同然。それでクーラー効きの部屋に入れば気分爽快。

今日の教訓　心の汚れは落としづらいが、上面《うわつら》の汚れはすぐ落ちる。

2020.9.12

今夏の暑さ

この暑さは異常である。脳みそが膨らんで、内側から頭蓋骨を押し上げているような毎日が続く。頭内の密度が増して、とても耐えられない。常にボーっとしている。すぐに眠くなる。こんな夏は経験したことがない。それとも知識量が急に増えて、頭が飽和状態になったのか？それはないだろう。

今日の教訓 暑いと思うことを感じよう。まだ正常。

2020.9.13

消息

姉が8月7日に旅立って、今日は9月13日。初めて姉の夢を見た。急に右横から目の前に現れて、私を見つめている。話しかけたが黙って私を見ている。私は姉に「いつも見ていてくれて有難う」と連発していたような記憶があるが、姉は少し判ったような表情をした。笑顔ではなかったが、和らいだ顔だった。そこで右側から突然バスが来て止まった。姉はそれに乗り込み、窓越しに私を見ていた。私は手を振ったが、姉は私を見つめたままでバスと共に去って行った。変わらずふくよかな綺麗な顔だった。起きてから仏前に報告。合掌。

今日の教訓 「忘れていないよ」といつも自分に語りたい。

2020.9.15

言葉のギャップ

ドコモロ座から不正に金が引き出されたという報道に、どこもろ座というのは、聞いたことのないどこの劇団かと思った。そこの劇団から金が盗まれたのだと思ったが、どうも違うようだった。ロの字が「ろ」なのか「くち」なのか？そんなことはどうでもいいのだが、私のようにこんなことでまごついた人は多かったかも知れない。若い人には無縁だろうけれど、聴き慣れない言葉が多く出てくると、そこに世代間の違いがさっとよぎる。遅れをとってはいられない。

今日の教訓　言葉の新陳代謝を脳内に活かせ。

2020.9.21

墓参り1

2020年9月20日墓参。いつもは姉と二人が、今日は一人。毎回姉の車で来ていたのが、二人で電車で来るようになり、前回は私一人で電車で来るようになった。時の流れは人を失う淋しさに向かって歩むこと。しかもその現実を受け入れ、辛抱するしかない儚《はかな》さ。墓前で報告。一か月前に姉が旅立ち、これからは私一人で……と言ったとたんに淋しくなった。消えそうになったろうそくの火を回復しようと傾けた時に、溶けたろうのたれが左手に落ちた。こらえたら軽いやけどをして、皮膚が剥《む》けた。墓前から去りがたくて、とめどなく思い浮かぶ父の、母の、姉の姿にウンウンと語りかけながら、遠く過ぎ去った故郷を彷徨《さまよ》った。何十年も前の家族の顔だった。

今日の教訓　家族のことは「忘れていないよ」のひとこと。

2020.9.22

カラスと葡萄

庭の片隅に葡萄の木があって、毎年巨峰が数房実る。実が色づき始めると、日に日に房の数が少なくなっている。ある日窓から見たのが、一羽のカラス。満足そうに実を取って食べていた。犯人は居たのだ。居るとわかればこいつをどのように攻めるか。まだ声を聞いたことがないので、いい奴なのか、それとも悪なのかわからない。とりあえずマリアと名付けた。ギリシャ出身のイタリアオペラで有名なカラスが居たけれど、我が家のカラスはからきし声は悪そうだ。顔も悪い。葡萄泥棒で憎い奴だから羽をむしり取って生身を見てみたい。頭は良さそうでも腹は黒いだろう。本当にカラスは身まで黒いのか。からすみはボラの子で美味だが、カラスの身はまずそうだ。それをあいつが「オレの身は旨い」なんて言ったら、大ボラ吹きだ。あいつをマリアと名付けたが、マリア・カラスとはほど遠く、カカー、カカーと歌うだけ。せめてアヴェマリア位でもと思うのは担ぎ過ぎ。そんな時は安部マスクで口封じだ。ところであいつをどう懲らしめるのか。頭がいいだけにこちらも案をめぐらすが、まだ妙案は浮かばない。疲れる奴だなあいつは。

今日の教訓　争いは食べ物から始まる。

2020.9.22

夢に出てくる人たち

小学生の頃、夜中にトイレに起きてそのあとすぐに夢の続きを見たことがある。今は全くない。見た夢をすぐに忘れてしまうから、認知度が薄くなっているのだろう。これは年のせいということで仕方ない。ただ不思議なのは外国人の夢は見ない。見たい人は居るのだが、どうしてだろう。30人位の親しい友がいるが、夢に関してはまったく出てこない。脳の中での記憶の場所が、人に関しては外国は別なのか？例えばパリの市場の雑踏の中で、手押し車の石畳を通るガチャガチャ音や人の声を聞きながら、ああパリだと気持ちを高揚させながら歩いている夢は見る。もしかするとそんな時に友人が出てきても、認知度が下がってるから忘れているのかもしれない。私にとってはっきりと覚えている登場人物は、亡き両親、姉、親戚、友人そして恩師。生存している人では教え子たち、娘、親戚。記憶されていないものは夢に出ないだろうとは考えられるが、とすれば人の生活圏というのは極く限られた狭い空間の中で命をつないでいるということ。現実の空間というのは、仮のものだらけということ。自然の風景の色、姿、動きははっきりと色つきで夢に出てくる。これは私にとっては仮のものではなく、真実である。生きて行く中で何が本もので何が仮のものなのか。そんなことを考えるようになっている。

生きる過程で本ものを探るには言葉と関係ありそうに思える。本ものを植え付けるには、母国語がその役を果たしているのではないか。外国語をいろいろ取り入れて、見栄えだけよくしても結果は浅薄となる。思索する人間が多く居なくてはならない。

今日の教訓　記憶されたものの中で人は生きる。

2020.9.29

政治不信

政治家が一番自分に取り込んで欲しいのは、国民の信頼だ。金なんかを取り込もうとした時には、周囲に疑心が生じる。政治家は個人的な金と縁があってはいけない。金を使えば権威が保てるという政治の社会は、国民感情とは必ずしも一致しない。そのひとつ。ある政治家の葬儀に一億円。高すぎるのか、普通なのか。安すぎるということはないだろう。人は一度権力を握ると、自分は偉いと自己評価し、一声で自分のために金を動かすことを考える。政治に金は必要だが、自分のためというのは違う。例えば葬儀の場合、生前に遺言として、「葬儀は一般と同じように家族、親戚、知人程度に控えて、計上の予算の余剰分は国民の福祉に充てるように」と残せば、死してなお尊敬される。葬儀に対して国民から、寄付を仰いでもいい。信頼され、頼りにされた政治家ならば、国民は黙っていないだろう。今のところ政治家は決して国民の気持ちと一緒ではない。人に惜しまれる政治家が欲しい。その時は国民の大多数が豊かさを感じること間違いない。

今日の教訓

地位と金の融通し過ぎで失敗するのが権力者。

顰蹙《ひんしゅく》を買っても平気を装えるのが権力者。

2020.9.29

側溝のコオロギ

夕方、日が暮れて通るたびに、側溝の水溜りのところでコオロギが鳴いている。そっと近づくのだが、ぴたりと鳴き止む。声は一匹だけ。縄張りがあって、彼は他を寄せ付けないのだろうか。声はいいし、張りがあるし、転がし方も上手だ。それとも彼女が来ないから、淋しさの裏返しか。夏の暑い盛りには全く聞こえなかったコオロギだが、時が来ればこうして歌い流し、自然界の生の移ろいは素晴らしい。俗に言えば彼女たちに取り囲まれて、男の見せ場を作っているのか。女の声は聞こえないので判らない。孤独の叫びか、ハーレムか?

ところで秋の虫の鳴き方で、一番惹かれるのは、何と言っても「馬追虫《うまおいむし》」(スイッチョ)である。最近は聞かれないが、このコオロギの声が誘い水になって、馬追を追った遠い昔が甦る。今頃あの場所の、あの草むらで子孫たちがスイーッチョ、スイーッチョと鳴いているに違いない。目を閉じれば、澄んだ声が聞こえてくる。もう10年も経ただろうか。あの日、一緒に聞いていた姉の様子が目に浮かぶ。

暑さ、寒さが繰り返し、日々がいつとはなく過ぎて行く。これから10年、この側溝のコオロギは……

今日の教訓 どんな命も宿があって落ち着く。

2020.10.1

生涯教育

受講生の大半は高齢者である。毎回、皆とてもよく予習し、勉強してくる。若い学生たちとはかなり違う。当方も手を抜けないし、やりがいがあってこの年になって勉強させてもらっている。せざるを得ないこともある。予習の量が間に合わなくて、授業中に慌てる人が居るが、私はむしろほっとする。完璧に予習してくる人には、それはそれで敬意を表するが、考えれば予習以外にすることはなかったのか?そんなこと口が裂けても言えないが、ちょっと勘繰る。私の下種勘《げすかん》は身から出たさびでもある。授業を待ち構えていたように、皆生き生きしている。まあ、それぞれの理由があるだろう。

今日の教訓 人はそれぞれの空間で、精一杯生きている。

2020.10.4

一円玉　秘話1　事の始まり

最近、頻尿になって漢方薬を飲み始めた。それとなく気になって飲み出したのだが、今日の朝刊の広告記事。「貼ると不調が消える！一円玉療法」「ひざ痛、腰痛、頻尿、耳鳴り、めまいがピタリと消えた！」頻尿に目が留まり、その本を購入するつもりで電話したら、殺到しているため、待機せよとの応答があった。別に一円玉を貼り付けるだけなら本を買う必要もないと思って、諦めた。それで、早速へその下のところに絆創膏で一円玉を張り付けた。ついでに右肩が痛いので肩の裏側にも一個貼り付けた。ついでにが重なって、左足の膝はほとんど回復しているが、一個貼り付けた。結局体に三個の一円玉を貼り付けた。薬ではないので、効能が劣化することはないだろう。本当にたった三円で調子がよくなるものなのか。価値で判断するのはよくないが、でも五百円玉の方が効く気がする。だいたい膝も良くなると書かれていたが、軟骨がすり減って無くなっているのに、どうして一円玉が効くのだろう？「170の血圧が正常化！血糖値が降下。飛蚊症、ドライアイが解消！眼鏡も不要。ガーンガーンと響く耳鳴りが消えた！」これは結局血流をよくすることなのか？本当に効果あるなら耳鼻咽喉、眼科、整形外科の医師は職を失う。一円玉効果、早速試しているが、結果は数日待とう。

今日の教訓　思ったらすぐに行動せよ。

2020.10.5

一円玉　秘話2　藁をも掴む

今日は授業があった。昨夜へその下に張り付けた一円玉をつけたまま教壇に立った。受講者は何も知らない。当たり前だが考えればおかしな話だ。まじないを信じて登壇したものの、排尿に変化はない。登校する途中に車中で頻尿のツボをネットで探し、足の裏の土踏まずと内側のくるぶしの下あたりがツボだということを知った。帰宅してへそ下の一円玉は効果なしということで取り外し、幸い磁石付き指圧絆創膏があったので、それを貼りつけ、更にその上に肩こりの膏薬を貼りつけた。ここまでやるかと半分呆れながら、でもこれは効きそうな気がした。左足の膝と右肩の一円玉は忘れていたが、気が付かなかったということは良くなっていることかと……自己暗示。

2020.10.6

一夜明けて、今朝テレビを見ていたら、足揉みマッサージ器の宣伝をしていた。直感、これはいい。足裏と、かかとを揉みほぐす。まさに腎臓のツボではないか。それで電話注文。8000円割引になって、会員だとかでいくらか安くなって、送料が500円とかで、結局14211円で手を打った。頻尿から一円玉へ、一円玉から足裏指圧へ、指圧から機械に、だんだん様子が変わってきた。どうなることか。

今日の教訓　施術しない病は治らない。

2020.10.6

外国語の混入

日本語にカタカナ語が多すぎることは、ときどきある所に書いてきた。受け入れて問題ないものと看過できないものとがある。同様のことが世界で起きている。フランス人が英語を排斥しようとすることは、時々耳にする。例えば今では古語になってしまったが、walkman。これは日本発の英語もどき語だが、これをbaladeur（ぶらぶら歩く人）とか、他にcameramanといった語をそのまま使用せずに、わざわざ言い換えてcadreur（画像位置を正しく納める人、カメラマン）と言うように仕向ける。立派じゃありませんか。でも現実は、英語を使っている。それである日、パリのカフェで、ちょいとボーイさんをいじった。「熱い犬を一匹くれ」と。（un chien chaud, s'il vous plaît.）ボーイさん、びっくりした顔をしてわからない。英語嫌いなフランス人に言ってやった。「どうしてhot-dogなんて言うのかい？」それですぐ気が付いて、あっはっは。笑うのはいいけれど、苦笑いして「フランス人はhot-dog [ɔtdɔg]と言うさ」フランス人の英語嫌いも理解できるけど、隙間にどんどん英語が入り込んでいる。日本でもホットドッグと言わずに、「熱い犬ひとつ下さい」と言ったら通じないし、笑われる。常態化すれば言葉はそれで存在権利を有する。でも言葉の文化は失いたくない。

今日の教訓　節度を持って外国語を取り入れよ。

2020.10.6

名前が出てこない!!

時々通った焼肉屋の店主の名前が出てこない。よく話していたのに自分自身に呆れてる。コロナ禍の影響もあったのか店を閉めた。7か月以上も会っていない。こんなことで人の名前も疎遠になるのか。口先まで出かけて出てこない。もやもやする。懐かしい友人の顔を思い出して名前を言ってみるが、全くつまづかない。近所の呼び慣れた人の名前が何故でてこない。考え出したら寝付けない。いったん頭の中をゼロにして、寝て起きれば思い出すだろうと思って目を閉じても、いろいろな名前が交錯する。夜中にトイレに起きると、まだ名前を探してる。やっと寝つけて朝、目が覚める。えーっと……そうだ、思い出した。もや晴れだ!!

今日の教訓　記憶の傷は、焦ると余計に疼《うず》きだす。

2020.10.7

残像　モンキチョウ

数日前に家の近くを歩いていたら、線路脇の土手のところにモンキチョウが飛んでいた。珍しいので姿を追った。忙しそうに遠くに飛んで行った。

私の家の庭に金柑の小木がある。今朝、一匹のモンキチョウがやって来て、上下、左右せせこましく飛んでいる。姿、形からして先日の蝶に違いない。といってもあの日、よく見えたわけではないから、本当は姿、形なんかはわからないのだが、そう感じようと思った。

眼で追うのも大変なくらい激しい動きだが、あんなに小刻みに動いてよく目が回らないと感心して動きを追っていたら、愛《いと》おしくなった。腹が減っているのか、エネルギーに満ちているのか。彼（女）にも都合あってのことだから、私が何も気を遣うことはないのだが、コロナ禍で殺風景な心に新鮮な一風景を残してくれた。

今日の教訓　美しきは姿以上に、態度。

2020.10.9

一円玉　秘話3　方針転換

漢方薬を飲み始めてからすぐに、へそ下に一円玉を貼りつけたが、それはさすがに一日でやめた。数日前に注文したテレビ通販の足揉み機が今日届いた。両くるぶしの下に一円玉はまだ貼りついている。効いているのかいないのか。だんだん訳の分からぬ深みに入り込んでいる気がする。暇人《ひまじん》のなせる戯《ざ》れ事に思えてきたのだが、今朝はまたひどく寒くてへその下に携帯カイロを忍ばせた。何だかんだ言っていながら、頻尿を気にしている自分がいる。一円玉をへそ下に貼りつけていたことを考えれば、下腹がほっこり暖かくて、この方が格段に効きそうな気がする。

今日の教訓　いいと思うことは即実行せよ。

2020.10.10

歯周病

歯医者に検診を受けに行った。歯周ポケットの掃除ということで数回通っている。ここに歯周病菌が貯まると、心臓病や認知症などにかかる危険が多くなるという。そんな広告を見たら怖くなって行き始めたのであるが、考えればこのポケットを塞げばいいだけの話だ。先生の説明はごもっともだ。だがもしかして医者の気付かぬこともあろうかと、小声で聞いてみた。「そのポケットをセメダインのような接着剤で塞いだら菌はもう入らないのではないか。しかも瞬間接着剤ならばすぐに問題解決するのではないか」と。先生が言うには「何をしても菌は入り込む」と。よく判らない解答だが「そんな接着剤はない」と言われて納得した。それで歯周病があるのか、無いのか聞いたらば「ある」だと。更に「程度はひどいのか」と聞けば「誰でも口の中には歯周病菌を持っているからそれほど心配することはない」と。ついでに聞いた。「最近、物忘れが多くて、その菌によって認知症になっている可能性はあるのか」と。先生、笑って言うには「私も物忘れがひどく、同じです」だと。その先生こそ歯の周りを調べてみたらどうか。本人は歯周病に気が付いていないのではないか。40を過ぎたくらいの女医さんだった。

今日の教訓　判っていないのに判ったように言うのが先生。

（私も先生と言われてる）

2020.10.13

一円玉　秘話4　足揉み機

足裏に腎臓のつぼがあるということで手に入れた機器だ。頻尿対策の漢方薬に始まり、足裏マッサージにまで話が大きくなった。早速試した。机に向かいながら足もとに置いて運転してみたが、気が散って仕事がはかどらない。それで辞めた。家の中では突起のあるスリッパを履いているので、それで間に合う気もして一時中断。だが頻尿は治まらず、医者に診てもらおうかと思いがちらつく。今までの手立ては何だったのか?漢方に始まり、一円玉を経由して、とうとう医者かい?

今日の教訓　失敗は道理への道案内。

2020.10.14

一円玉　秘話5　泌尿器科

　排尿時に多少痛みが走るようになった。とうとう泌尿器科を受診した。尿検査をした結果、医師は顕微鏡を見ながら、膿が出ている、血が少し混じっている。そして何か言いたげだが言わない。尿道に菌が入ったか、膀胱までそれが達すると更に悪化するので、今のうちに食い止めなければならない。とりあえず一週間分の薬を出すので様子を見ようということになった。医者の言いたかったことは何なのか。帰宅して尿道炎を調べたら、性感染による記事ばかりで、私はそんなにあぶない診療域に入っていたのか？性感染以外の原因として、もっと別の要因があるだろうに。それが知りたい。

今日の教訓　人には聞ける質問と聞けない質問がある。

2020.10.15

膝から水を抜く

左足の膝が痛くなって、階段を下りる時に困難をきたすようになった。特別な原因は無い。理由はただ年を取っただけのことである。こんなことが続くようではテニスもできないし、早くも歩けない。そこで整形外科に顔を出した。まず膝のレントゲン写真を撮り、直後に正常の写真と私の写真を並べて、ここの骨がすり減っているのが判るだろうという。どちらも同じに見えるのだが、まあプロが言うのだからと思い、そうですか？とよく分からないままに返事をした。それから膝を見るなり、水がたまっているから抜きましょうという。水を抜くとよくないということや、抜いたらよくなった、というどっちがいいのか判らない話を聞いていたので迷ったが、この場に及んで引き下がることもできなくなって、抜くことにした。次の機会に、痛みは10のうちいくつ位まで小さくなったかと問われ、6位かと答えたらまた抜かれた。いくつなら抜かなくていいのかと聞いたら、3位なら大丈夫だということだったので、よし次の機会に賭けようと思った。そして案の定、「痛みはいくつ位になった？」。そこで答えた。「1・5位にしておいて下さいますか？」何故か医者は急に笑った。看護師も何を思ったのか「ふふっ」と笑った。「それじゃ、今日はやめよう」当ったり前だよ‼本当は5位の痛みだった。

今日の教訓　自分の痛みは自分しか判らない。

2020.10.16

一円玉　秘話6　投薬

頂いた薬を飲んだ翌日、尿の濁りが消えたように思えた。7日分の薬だが、一発で効いたように思える。2種類あって傷の炎症を抑える抗生物質と、前立腺を抑えて尿道を拡げる薬だとか。この薬が効いたのだとすれば、一円玉は何だった?おまじないだったのか?まだ完治したわけではないので何とも言えないが、気分は複雑だ。でも藁ではないが、一円玉をも掴《つか》む気持ちは判らなくもない。

今日の教訓　人はまごつくと他人の話を受け入れる。

2020.10.21

庭の葡萄

稔りの季節が来た。いつもなら10房くらい付くのだが、今年は不作だ。夏の暑さもいけなかった。折角春に袋掛けして夢見た巨峰も、知らぬ間にカラスだと思うが、袋を破き、実をつついた跡がある。実を持って行った跡もある。袋を派手に破いて実を食うのは、カラスに間違いない。前に葡萄の棚の上でこちらの様子を伺い、私と目が合ったことがある。見ればかわいい顔をしているが、とにかく大きい。好きなタイプではない。頭はよさそうだ。責めれば仕返しされそうなので、優しく手を振ったらピクッと動いて様子を見ている。深追いせずに見過ごしたがあいつの仕業に違いない。嫌な奴が近隣に居たもんだ。何処にすんでいるか判らないが、近くに山はないから、その辺にホームレスで暮らしているのだろう。それとも母親カラスが可愛い子供に運んでいたのか?とすればマリア様。それで葡萄に戻るが、破られた袋の中の実は、小蝿が群がりほぼ全滅である。それでもひと房の中に2~3粒はまあまあの実があって、それを集めたら10粒位になり、今年の収穫を終えた。翌日、ひよどりが二羽現れた。ぶどう棚の上の、毎年りんごを置くと食べにくるその場所を憶えていたのか、そこに止まってこちらを見ている。去年の夫婦かも知れない。一羽が止まり、他の一羽はすぐに消えて行った。いつものように旦那が威張ってる。それにしても今年は早い。越冬した彼の地でも気象異常があったのだろうか。顔が合った瞬間、カラスより可愛さという点では、断然ひよどりの方が勝っている。葡萄は寂しく終わったが、今度はひよどりが会いに来る楽しみができた。カラスはもう葡萄がないから、来ないだろう。

今日の教訓　見方を変えれば立つ腹が立たなくなる。

2020.10.23

一円玉　秘話7　完結編

一週間過ぎて、血液検査の結果を聴くために、そして再尿検査を受けるために病院に行った。排尿はその後順調で、完全復活の自信あり。血液も人との関係橋を渡ったわけではないので自信満々だから医者に行くのも恐怖無し。先生に会った。尿は何も問題なし。自信があったが、ホッ。どんなもんだい!!でもあの濁りは何だった?先生は膀胱炎だとおっしゃったが、不可解だ。血液にも癌も何も異常なし。今日は無罪放免にて、帰路はもやもやの気持ちが晴れて、自然に足が前に出た。

今日の教訓　不安と自信があってまともな日常。

2020.10.27

パチンコとやら

気晴らしになるのかどうかわからぬが、パチンコという俗な遊技がある。通りを歩いていると、ドアが開いて中からけたたましい雑音が聞こえてくるイメージがある。外国では見たこともないが、昨今はコロナ禍で、誰もがマスクをし、禁煙で、アクリル板に仕切られて、横一列に並んで同じ方向を見つめ、空調が施され、しかも無口だから三密回避に注意が払われている。中では笑顔もなく皆真剣な顔で一列横隊である。椅子に腰かけてはいるもののそれ自体で異様な光景だ。コロナ禍では特に問題とはならない暇つぶし場所かも知れない。だが果たしてこれは遊びか、仕事か？いずれにしてもこの業界が一向に潰れないのは、善良なヴォランティア市民が居るからだ。決してアルバイトではない。

ところで私には見えるイメージがある。品性が疑われるこんな言い方は、私の性分には全く合っていないが、敢えて言ってしまおう。遊技台には「便秘台」と「褌《ふんどし》台」がある。便秘の方は、出そうで出ないということ。褌の方は、憚《はばか》りながら申し上げると、現代人には分かりにくいだろう。若い時に何度か着用したことがあるが、悪くはなかった。でも落ち着かないこともあった。今さらたとえ話として引き合いに出したが、別な言い方をすれば、「男の使い古しのパンツ台」と言ってもいい。時々玉が出るという意味合いだ。こんなはしたないことを勇んで書いているわけではないけれど、何故か自然に手が動く。御婦人方には申し訳なく、意味のない笑えない話だが、片目をつぶって見て頂ければ、半分は流して頂けるはず。男は体感で全理解？ ことのついでに言ってしまうと、「新品のパンツ台」もある。これは全く玉が出ないのだ。何はともあれ便秘同士で「通じ」合う御仁はおられるか？「落ちた」話しで申し訳ない。調子に乗ると止まらない。もうひとつ言っちゃうか。知り尽くしたような人が手慣れた格好で遊戯している。だいたいそれは「頻尿台」とか「ノーパン台」と思ってる。出過ぎるのだ。品が無くて重ねて申し訳ない。

今日の教訓 経験者同士、お通じ合わない人はない。

2020.10.28

おっさんの早とちり

15～6年前の話だが、仲間とフランスを訪れた。パリでレンタカーを借りることになった。audi 100という車を日本で予約しておいて、さて当日事務所に行った。しばらく待たされた。突然事務所の若い女性が私の方を見て「おじさん」と言って手を振った。確かに「おじさん」と聞こえた。ここは混じりけのないパリ。女性の顔はまったくパリ風。日本語を話す怪しい女だと思いつつ、カウンターに行ったらば予約の「アウディ100」ではなく「オーディサン」という車だった。ここはフランス。はっと気が付いたら、私の中で不可解だった女が粋《いき》なパリジェンヌになった。早とちりも誤解もいいところ。やっとの説明に笑ってくれたその時の彼女が、怪しい女から可愛い女性になった。日本で「アウディ100」はフランスでは「おじさん」に聞こえる。免許もないし、車の名前も知らない私は、やはりおじさんなのだ。いやいや、粋なパリでは「おっさん」でしかなかった。

今日の教訓　外国語は自分の都合に合わせてはくれない。

2020.10.29

注意せよ

ホームで電車を待っていると、アナウンスが流れる。英語話者のための案内にいつも同じイメージが湧く。「ユア　チンチン　プリーズ」私のチンチンをどうしろというのか。男性のアナウンスの方が女性よりもはっきりとしていて、強烈度がある。聞くたびに神の啓示と思って、前のチャックを確かめる。すると間もなく電車が来る。ホームの他の客たちは平然としている。私は感じやすいタイプなのだろうか？

今日の教訓　聴覚は聞くほどに、深みにはまる名曲のようなもの。

2020.10.29

日本人だと感じる時

回転寿司に入る。寿司はわさびの効いたのが好きなので、別にわさびを多めに注文する。腹八分で食べ終える。それからデザートにソフトアイスクリームを頼む。わさびが残っている。せっかくの良いわさびを残し、捨てるわけにはゆかない。それにしょう油を少々注《さ》して、アイスクリームに乗せて仕上げとする。これが美味しい。「もったいない」の日本語が、脳のどこかに貼りついていて、時に妙案を引き出す。言葉が生活を豊かにしてくれる。

今日の教訓　もったいないは生活の原点。

2020.10.31

今日の顔

朝に鏡を拭いて、曇りない面に映る自分の顔を見る。「今日のお前は、お前だけのお前ではない」と自分に向かって語りかける。それで一日が始まるのだが、「今日のこのオレが、オレだけのオレではないオレだとすれば、この私は誰のオレなのか?」難しいオレだが、たくさん居るオレの中に、詐欺まがいの奴が居たら大変だ。オレオレ詐欺は、目下社会問題なのだから。

今日の教訓

朝に今日の私を確かめる。

2020.11.1

黄蝶の鼻利き、目利き

庭の植木鉢の一つに、2メートル弱のミモザの木がある。いつも黄蝶が2～3匹飛んでいる。枝をよく見ると、さなぎがいくつもついている。1センチくらいの小さいものだが、腐った葉かと見間違える。確か黄蝶はマメ科の植物に寄りつくと専門家から聞いた覚えがあるが、調べたらミモザはマメ科ミモザ属となっていた。ここにはアカシア属もあった。ミモザの香水はいい香りがするが、我が家のミモザは全然だ。搾り取って香水を作ろうと思ったのが栽培の動機だが、どうも香水用のミモザとは違うようだ。それでも蝶が飛んでくる。あたりにミモザの木もなければ、アカシアの木もない。なのにここに集まるのは何故?ミステリーだ。蝶は鼻が利くのか?利きもしないのに、利くふりしてやって来るとしたら、八百蝶だ!!それとも木の姿が見えるのか。黄蝶には何が見えているのだろうか。周りに張り巡らされた蜘蛛の糸をすり抜けて、ミモザの枝にたどり着くのは、やはり相当目がいいのかも知れない。それともすべて予知しているのかも知れない。私は蜘蛛の糸にひっかかる。蝶の場合は餌食になるからひっかかるわけにはゆかない。ちらちら飛んでる姿が愛らしくて、蜘蛛の糸をねんごろに取り去った。それにしても人から見れば、蝶には蝶能力があるのだ。それは蝶の世界での話。人の中には不思議な力を持っている人が居る。それは超能力と言われるが、蝶から見れば、どういう能力に映るのだろうか。まあ、そんなことは何も考えていないだろう。

今日の教訓 生き物は個々に秘密の能力を持つ。

2020.11.1

病院の思い出

今でもある病院の前を通ると、常に35年以上も前の事を思い出す。当時そこの看板には〈消化器科、肛門科〉と書かれていたと思う。腹が痛くなって駆け込んだ。結局腸閉塞と診断され、手術を受けた。ところがまだ数日後で傷も癒えていない時に、痔を見つけられ、立て続けに切られた。不本意だったが、あの紋所に気が付かなかったのが運悪かった。頭にくるガツ～ンとくる鋭痛はもう結構だ。紋所が門所に及ぶとは後の祭りと痛感した。そこは肛門（黄門）様の殿中だった。「控え居ろう」の暇もなく、すぐさま刃傷沙汰、そこで痔主返上と相成った。厄年42才の節目の出来事だった。

今日の教訓 健康を疎かにすると、刃傷沙汰になる。

2020.11.1

やかましい目覚まし時計

ある中華料理のチェーン店で、ポイントを貯めて一杯になると目覚まし時計がもらえるというので、足しげく通って時計をゲットした。ちょっといい気分だった。家に帰って早速試した。時間を設定した。針を動かし、いざ時間になると、のっけから店の名前で始まる音声が、けたたましく堂堂とメロディーに乗って流れた。やかましい!!これは安眠妨害だ。爽やかな目覚めとはほど遠い。もっと緩やかに寝かせておいて欲しい。それで時計の時間だけを頂いて、目覚ましは没。

今日の教訓　期待はすべて欠陥を伴って実現する

2020.11.2

夢はどうしてすぐに忘れる

今朝、夢を見た。何やら人がたくさん居て、知人が居たのだが、あの人だと感じても、何で笑っていたのか判らないし、周りにまだ数人知人が居たのに誰だか思い出せない。これが近親者になると後々まで顔の表情だけは漠然と記憶しているものの、状況はまるで憶えていない。どうして夢は漠然としていて、忘れやすいのか？答えは簡単。目を通していないから。

夢を見るというが、私は見ているようで見ていない。夢は体のどこかで感じる刺激だから、目が覚めるとすぐに忘れる。目で見た物は永く記憶しているけれど、夢の記憶にとどまる時間が短いのは、嬉しい、悲しいといったような感情が、その場を過ぎればすぐに別の感情に移行しているのと似ている。だから夢は「見る」のではなく、「夢る」なんてどうだろう？「夢を夢る」のである。活用しようと思えば、夢らない、夢ります、夢る、夢る時、夢れば、夢れ。聴き慣れないからちょっと変だが、例えば、「私は今朝、怖い夢を夢りました」怖いから記憶に残るが、目で見たわけではないので、やがてすぐに忘れ去る。言葉というのは考えれば、いい加減に使って事足りているから面白い。あれこれ言ってもこの場合やはり「夢を見る」と言った方が落ち着くワイ。話が逸れてしまったワイ。

今日の教訓 変だと思ったら、すぐに軌道修正せよ。

2020.11.2

私はまだまだ若い？

洒落を用いた小話集を上梓した。初老といっては何だけど、そんな年恰好の人から若い人まで、親友と思う人たちに送った。趣味が違えば興味も沸かないのは判ってはいるのだが、それで気の付いたことがある。若い人たちの反応がいまいちだ。無理もない。スマホに気がいって本なんか見ている暇がない。酒落、冗談なんて年より臭いと相手にしない。確かにそうかも知れない。年取れば目も霞むし、認知機能も衰えるし、それでは文字なんか読む気も起るはずがない。関心を示してくれたのは今思えば、定年過ぎて暇があって、何していいか判らない時に本が届いて、すぐさま手に取った人達ではなかったか？今、話題にしたいのはその人達の中で、私に平易な言葉ではあったが元気と勇気を与えてくれた人、読む前に受け取りの礼を言ってくれた人、笑いについての講釈を語ってくれた人。私としてはさっと読み流してくれて、笑ってもらえればと思っていたことが、アララ、あてがはずれた。でもこの跳ね返りで学んだことがある。常に自分が自分だけの人間ではないということを承知している人が、人を動かすということ。自分を見つめ直そうと思った。大器晩成というから、私はまだまだ若いのか？

今日の教訓　人は人が居て磨かれる。

2020.11.3

笑い諾否

洒落を用いたお笑い本を出した。コロナ禍で沈んだ気持ちを多少でも元気づけることができるかと思って、70人くらいの親友に送った。反応の多様さに嬉しくもあり、淋しさもあった。年齢層によって傾向があることに気が付いた。後期高齢者からは返答がない。読んではくれたと思うが、きっと理解の幅が減って、感情が働かないのかも知れない。認知症を疑う。或いは単にその本が面白くなかったのかも知れない。かとすれば私の思い上がりで済まない事をしてしまったことになる。20～30代位の人からも反応はない。情報はスマホから得る時代だから、紙媒体には関心が無いのかも知れない。淋しいけれど時の流れは仕方ない。結局反応があったのは、定年過ぎて、多少暇のある人が良く読み込んで下さったようで、互いに笑える感想を下さった。これは私を喜ばせ、元気をもらい、嬉しい事であった。時間に余裕があるということは、人を喜ばす余裕もあるということを改めて感じた。笑う時を逃し、人と共に笑いあえる人が少なくなっているのではないか。

今日の教訓 笑いがなければ自分から笑いを作り出そう。

2020.11.4

お釈迦様は一昨日の人

　昔からの平均として一人60年生きたとすれば、50代前は3000年前。僅か50人に引き継がれて今、私が居る。釈迦の時代というけれど、60年を1時間に縮めると、50時間前がお釈迦様のいらした時。僅か2日前の事。今日という日に居合わせた人々は、数日前の人々と濃縮された間柄で、ただ地球が狭いから分散されただけの事。その中で人はいつも争って、居丈高に笑う者、すべてを奪われて泣く者。人はこの狭い地球の上で何を求めている？1時間の一生に求める物はもっと高尚であるべきだ。地上の生き物の中で、頭が良すぎて一番愚かなのが人間だ。

今日の教訓　現代人は決して進歩してはいない。

2020.11.6

夜は暗いのが当然?

夜の公園立ち入り禁止。10時になると放送が流れる。「街灯が消えるので、早く家に帰りましょう。」若者たちは一斉に帰宅の途に就いた。誰が愚かなのか?放送を流した人?それとも若者たち?考えるほど、頭がくらくらする。

今日の教訓 規則に縛られると、人生の楽しみを誤解する。

2020.11.14

日課

教職を去ってから毎日することが決まってる。起床してすぐに仏前にて両親はじめ先祖への挨拶。毎日の閼伽《あか》の取り替え、命日には供え物。ゆっくりと手を合わせ、一日の安穏を祈念する。植木に水やり、一匹の金魚への餌やり、このために宿泊旅行ができずに5〜6年が過ぎた。煩わしい金魚だが、ゴルフボールからテニスボールくらいに大きくなったのを毎日見ているとかわいい以外に例えようがない。時々水を取り換える。これが思いのほか面倒で、水循環用のポンプの掃除に時間がかかる。子供の世話と思えばまあ躊躇はしない。その後に朝食。日課が終わったと思えば、新聞が来ている。読むのが当たり前の毎日だが、きちんと読んだら一日がかりだ。拾い読みしても二時間くらいはかかって、時々新聞を持ちながら眠っている。日曜日の休刊の時はほっとする。それなら読まなければいいものの、読まないわけにはゆかないこの焦りは、健康には良くないと思いつつ……読んでいる。だが読んでいると面白いと思うこの矛盾。新聞は迷惑だが、有難い!!読み終わると午後がだいぶ食い込まれる。それで昼食はそこそこに、菓子と紅茶くらいで終わり。それから考え事しながら筆を走らす。楽しい時間だ。冬は早く日が暮れて、気が付けば一人暮らしでは夕食をつくることが億劫《おっくう》と、不得手ゆえに外食に出る。運動不足の解消と自認して、歩く毎日。これらはすべて連日の必修科目で、どれかを落とせば生きる単位に響く。選択科目の時間は、外食から帰って寝るまでの数時間。何か面白いテレビでも……若い世代向けの番組に関心が薄らいできたのが気になって、チャンネルを合わせる。やはりつまらない。じっくりと聞かせる、見せる番組が欲しい。寝る前に仏前に手を合わせ、その日の無事を感謝して就寝。この瞬間にとても幸せを感じる。今日は、自分だけの自分ではなかったか？コロナ禍の日々は、毎夜自己点検に終始する。

今日の教訓　生活リズムを作ると、生き方のこつが見えてくる。

2020.11.14

好評分譲中

近所に空き地があって、いつからかどこかの建築屋さんが地ならしを始め、土台を作り始めた。〈分譲中〉という幟《のぼり》が立った。工事は続いているような、途切れているような、それでいて日に日にどこかが変わっていく。それである日気がついたのは、幟が〈好評分譲中〉となっていた。好評ならばすぐに売れているのではないか？好評かどうかは、買い手が決めるもの。売り手が言ったら背伸びしていると疑われる。看板に背徳ありだが、早く〈完売御礼〉の幟が見たいものだ。当方としてはどうでもいいことなのだが、いつも歩きながら見ていると、暇人《ひまじん》はそんなことを考える。

今日の教訓　暇は本質を疑う道案内。

2020.11.16

「人は常に正直であれ」は間違い

あるごく普通の母親が小児を連れてきた。ママ友が「あらかわいい、顔がきれいに整って、パパ似かしら?」それで母親は急に無口になった。逆の場合はどうなる。あるごく普通の父親が小児を連れてきた。友人が「かわいいな。顔がきれいに整って、奥さん似かな?」それで男はニヤッとした。妻が良く言われれば男は満足だ。女性は夫の事よりまず自分!!

ある綺麗な母親が小児を連れてきた。ママ友が「あらかわいい、顔がきれいに整って、パパ似かしら?」父親が男前だと母親はムッとするくらいで納まるが、父親が多少くずれていると、母親は急にムッとして、カッとなって、つんとして立ち去る。逆の場合はどうなる。ある男前の父親が小児を連れてきた。友人が「かわいいな。顔がきれいに整って、奥さん似かな?」奥さんは美人というわけでもないが、それで男はニヤッとした。妻が良く言われれば男は満足だ。奥さんが美人だったら、男はニヤニヤが止まらない。傷の付きようがない。

女性にとって、旦那が男前であろうとなかろうと、「旦那さんに似ている」は禁句なのだ。別に旦那だけでなく、小児を母親以外に似ているよ褒めるのは心してやめよう。

今日の教訓 正直すぎるは、不仲の始まり。

2020.11.17

同じ人生を歩みたい……けれど？

一緒に同じ人生を歩みたいと思っている人は居ないか。こう思う時、そんな都合のいい人は居るのか。考えればそんな人居るはずがない。何故なら、それは自分のことだから。そこに気がつくまでに何十年!!私は甲斐ない時間を過ごしてきた。人の数だけ生き方がある。それに気づくのにも何十年。しかしそれは豊潤だったかも知れない。争いが生じ、和が生まれ、もやもやの中で誰もが生きている。私、今世間並みの年齢。言ってもいいが、敢えて言っても意味がない。

今日の教訓

人は自分が一番かわいい。

2020.11.18

文字列

ガソリンスタンドの前を歩いていた。車の入り口と出口がある。入り口の所に　IN↓　と書かれていた。出口のところに　↑TUO　と書かれているのを見て理解した。「NI(に)」って何だ? 「この方向に行け」ということか。アメリカ人が見たら何と思うのか? 日本人用の英語なら、初めから日本語を使った方が良い。しかし　入口↓　も変だ。やはり口入↓　がいい。

流れに逆らいながらも、もし正（NI↓）があって、反（IN↓）があって、これで世の中うまく行けば、合となる。ヘーゲルさんは弁証法という何だか難しい事言ったけれど、これが世の中に受け入れられれば、アウフヘーベンとかいって人が一歩高次の段階に進んだっちゅうのか? よくわからないけれど、この話はそんなに深くはない。

今日の教訓　習慣に逆らうと混乱を来《きた》す。

2020.11.22

数字で一生の運勢がきまる?

人の一生は生年月日によって決まる……とどこかで読んだ気がした。そこで試《ため》しに私は5月8日に生まれたのだが、何やら常に5と8の数字が付いて回る。子供の頃の住所は5－12－5。引っ越して5－28－12。電話は10桁のうち5が一個、8が5個。携帯は5が一個、8が一個。そういえば職場の個人番号が88だった。この数字が吉なのか凶なのか判らぬが、思い出してゆくと、子供の頃に飼っていた犬の名前がハチだった。これは関係ないだろう。それでは逆にこの数字が表れていないものの現実はどうかというと、銀行の通帳は店番号を除けば、5も8もない。道理で数字と共に運もない。貯金なんか縁がないのだろう。個人としてみれば、「堪（貯）らない」気持ちだ。5と8があって平凡に暮らしていることが、吉なのだろう。

今日の教訓 人は些細を持って日常に期待を寄せる。

2020.11.22

娘の誕生日

コロナ禍で誕生日祝いの食事会が断たれた。殆ど電話をくれない娘だが、こちらから再三気を遣うのも迷惑だろうと連絡しないので、互いの情報が途絶えている。一般に夫婦の関係が難しいように、父娘の関係もどこか遠慮がちである。一緒に食事ができなくなって、娘夫婦に食事代を送ることにした。電話口で最初、笑って「いいよ」と言った娘が「それじゃ、甘えて貰おうか」その一言で父親が安堵する。父娘の関係はたわいないが、上を見たら限《きり》がない。諦《あきら》めはないが、何か物足りなく淋しさもある。仲良くやってくれと祈ってる。

今日の教訓 見えない糸に結び目はない。

2020.11.23

組織

組織というのは難しい。その前に人というのは更に難しい。その難しい人を体系づける組織を運営する人は大物である。政治家、団体、会など大物はたくさん居るが、私は組織に馴染めない。ある組織に関係すると、互いの干渉が始まり、生活圏に影響する。日本人であるからには日本の規則、職場の規則に従うことは当然だが、それは生活圏内での誰もが守るべき日常だから平均化されていて、傷付くこともない。会など組織が小さい場合は、個人が見えるので更に難しくなる。絆というけれど、それは組織で生まれるのか、個人の日常の中で生まれるのか、その人に合った生き方が問われる時だ。

今日の教訓　人は組織の中の自由人であって当然。

2020.11.27

電波の不思議

見えない電波が飛んでいる。ある電波帯に別の電波が飛び込んだときに、衝突したり、歪められたりはしないのだろうか。世界中の人がスマホを持って話をしている。何故二人だけで話ができるのか？鳥やある種の生き物は人間には聞こえない高周波数が聞こえるという。だから彼らは何だかわからない騒音にいら立ちながら生きているのかも知れない。だがそんな生き物が混乱をきたしていないようだから、電波はどうなって錯綜しているのだろうか。素人には単純な疑問だが、空中には得体の知れない物が飛び交っている。恐ろしくはないか。いい影響を与えるものであるとすれば大いに歓迎したいが、その時は必ず悪い影響をもたらす物が付随してくるのだろう。賢い人間はそれを知っているから先に進まないのか、そんなこと判らずに便利だから使っているのか。果たして人間は頭が良いのか、悪いのか？コロナをまき散らす人間、武器を開発する人間、宇宙に飛び出す人間、そんなこととは一切無関係に生きている人々、しかしそんな人々の誰の頭上にも、情報満載の電波が飛んでいる。目に見える風景は、人の知らない何かを感じているに違いない。それであらぬ思いが生じる。害鳥にある周波数の電波を向けると逃げ去るという実験をどこかで見たことから、絶滅危惧種と言われる生き物は、電波被害の犠牲になってはいないか？ということ。人だって耳鳴り、頭痛など全く無関係なのか？人よ、どこに向かっている？

今日の教訓　便利さは見えない不都合を引きずっている。

2020.11.28

不思議体験 1

25～6才の頃だった。私の家は四つ辻の一角にあって、雨戸の内側が廊下で、障子、部屋という古民家であった。外の音はすべて筒抜けで、昼も夜中も常に聞こえた。ある朝、牛乳配達の自転車が通る音を聞いて目が覚めた。明るくなっていたから6時頃かと思う。上向きに寝ていて目が覚めたのだが、足元に祖母が立って私を見ている。半纏《はんてん》を着ているが、下半身は襟元の布団の淵で見えない。左隣に母が寝ていて、その向こうに父が寝ている。母に声をかけようとしたが、私はウーっと唸るだけで声が出ない。仕方なくそのままじっと祖母を見ていた。すると祖母は右手の方に向きを変え、すっと消えた。それで気持ちが楽になって、母と父を起こした。二人とも別に驚いた様子もなかったが、起きて気が付けば、その日はちょうど祖母の一周忌だった。呑気な私に気付いて欲しかったのだろうか?私は供え物と閼伽《あか》を上げ、香をたき仏前に合掌した。

今日の教訓 先祖は我々を忘れてはいない。

2020.11.28

不思議体験　2

1983年だったか、年ははっきりしていないが8月19日の朝、5時55分。私は夏休みだったが、仕事の関係で自宅に居り、妻と娘は先に実家に戻り、私は20日に合流することなっていたので、この19日は忘れられない。自宅の二階に私はひとりで、一階には父と母が二人で寝ていた。明け方、私は金縛りにあって体が動かなくなった。金縛りは当時、時々経験していて、その原因は寝ぼけているために視覚の脳処理がうまくゆかずに起こると理解していたので、そのたびに冷静のつもりだったが、やはり体が動かない。体の一部が少しでも動けば、或いは誰かが傍でひと言発してくれたらすぐに正気に戻ることも知っていたが、誰も居ないし、まともに声も出ない。その時私は左肩の上の頭の横に誰かが立っているのを感じた。別に怖くもなくて、単に生理現象だったのだと思いながら再び眠ろうと思った。その時、早くこの縛りを解かなくてはと焦り出した。力いっぱい足を動かした。予想通り楽になった。階段を誰かが歩くような軋《きし》み音が聞こえた。ミシッ、ミシッと聞こえる。耳をそばだてた。確かに誰かが昇りか下りか判らないけれど歩いている。そのまま聞いていた。数回ミシミシという音の後、一階の方でドアがバターンと閉まる音がした。ああ、親がトイレに行ったのかと思い、気持ちが楽になった。結局何だったのか?そう思いながら再び眠ろうとしたその時、電話が鳴った。こんなに早い時間に一体誰だろうと、腹立たしく思いながら、文句の一つでも言おうかと二階にある電話口に急いだ。その時時計を見たらちょうど6時だったので、先ほどの金縛りは5時55分と察した。電話口の相手は、普段付き合いのない何十年も前に会って、それきりの従姉だった。今、母親が息を引き取ったという知らせだった。それで私は凍りついた。今の金縛りは何だった!!

伯母の訃報だったが、伯母についても情報は一切なかったのに、何故私がと思うと疎遠だったのが急に近しく感じられた。その足で階下の両親に知らせたが、伯母は弟（私の父）には素通りしたようだった。

その後時々、伯母の夢を見た。いつもにっこり笑って「一緒に来ない？」と言っていたが、私はその都度断った。それ以後40年近く、伯母の夢は見ていない。故人の夢を見た場合、この人亡くなったと思う人と、思わない人がいる。この伯母については当時、この人亡くなったんだと思っていたかも知れない。

今日の教訓 思いある限り人はつながっている。

2020.12.2

不思議体験　3

30年位前の話である。母が懇意にしている隣家のご主人が、時々愚痴を言いに私の家の玄関先に来てよく母と立ち話をしていた。

ある日私が仕事を終えて家の近くまで来た。夜の11時頃であった。角を曲がれば我が家だが、30メートル位手前に電柱があって、灯りが点いていた。今も当時と変わらずにそのままである。その電柱に差し掛かる前にそれまでに考えたこともない変な思いが頭をよぎった。コートを着ていたから秋も深まった頃かと思う。「こんな日は、人魂《ひとだま》が飛ぶのかな?」幼いころから母に起こった体験話を聞かされていたので、お化けということに敏感ではあった。そんなことを思いながら電柱の下に差し掛かった時に、私のコートの後の裾を誰かが引っ張った。振り向いたが誰も居ない。気のせいかと思った。それで歩き出したら再び引っ張られた。それで急に怖くなって小走りに家に向かった。急いで角を曲がったら我が家の灯りが目に入った。玄関ドアを開けた。母が居間に座って居た。その話をすると母は納得したような顔で言った。「隣のご主人が危篤らしい」私は彼が病気で病んでいたことなど全く知らなかったが、恐妻家だったようで時々母と話をしていたのは知っていた。翌朝彼の訃報が知らされた。

あの日彼が行くべきところはあったであろうに、私にちょっかいかけて脅かして、一時のホームレスだった彼の最期を儚《はかな》んだ。後に聞いた話だが、あの日の昼間、彼の友人が鋳物工場で働いていたのだが、昼食の時に、窓の外から彼がひょいと顔を出してこちらを見たという。急いで窓を開けたが誰もいなかったという。念ということなのか？不思議なことはある。

今日の教訓　不思議の時は、良き念を持って合掌。

2020.12.2

最後の年賀状（令和二年）

「いつも本当にありがとう!!姉らしい事何ひとつしてあげられなくて申し訳ないと思ってる。今年も仲良く朗らかにいこう!!健康には気をつけて!!」

３年前に病に伏して、８月７日旅立った。姉は字がとてもきれいで、最後の直筆が今年の年賀状となった。年の瀬に賀状を見ながら浮かぶ思い出の数多く、目をつむり姉との軌跡を追っている。私の方から「ありがとう」と言っている。

今日の教訓　逝った人とかわす言葉はいつも、ふたつ。「ありがとう」「忘れていないよ」

2020.12.9

馬鹿と愚かに気付く時

地上の生き物の中で一番頭がいいと思っている人間が、一番愚かである。人殺しのための武器を作り、戦って死んでゆく。刀を持ってチャンバラをしていた頃の人間が賢くて、よかったのかも知れない。しかし当時でも、刀で切り合って人殺しをしている人間が愚かと思っていた人は居たはずである。とすれば昔も今も人間は愚かの集団で、人類はとことんまで落ちて気が付くのだろう。善人が多い中、今では核を保有して、その威圧力で針のむしろの上を歩いている政治家の愚かさはどうにかならないものなのか。彼らが一堂に会して、核を捨てようと言って放棄すればすぐに平和はやって来る。人は不信感のかたまりということが良く分かる。今はアメリカが言い出せば事は解決に向かうのだろうが、銃を持つのが当たり前の国だから人間不信の坩堝《るつぼ》なんかを相手にできない。政治家の頭が貧困である時は、国民がすべてに貧しい。科学者は頭がいいが愚かである。物づくりは得意でも、人づくりができない。人は今、物に侵食されて、精神的に病んでいる。それに気が付くまでにはまだ時間がかかるだろう。

今日の教訓

人づくりの師、それは自然の大地。
都会は見せかけの豊穣。

2020.12.11

電話を切らないで!!

フランス語には日本語と似ている言葉が出てくる。前に書いたある本で、Qu'est-ce que c'est?（消す癖）、Un gâteau（あんがとう）、s'il vous plaît（しもぶくれ）……のような例を掲げたが、その日本語は憶えていても、それがフランス語でどういう意味だったかを忘れていまいか？ これでは何の意味もない。

ところで音と意味が合致する例もある。フランス語では動詞を ne [nə] と pas [pa] で挟むと否定形になる。動詞 quittez [kite]（立ち去れ）を ne と pas の間に挟むともうお判りだ。Ne quittez pas. 続けて読んでほしい。Ne 切って pas.「切ってはいけません」という意味になる。そう日本語では電話に出て、相手の要求している人を呼びに行く時、「切らずにお待ちください」というが、まさにフランス人は日本語（切って）を混ぜて会話している。

今日の教訓 言葉は想像の遊び道具

2020.12.11

日本語を見直そうよ

文字文化というと難しそうだが、日本語は漢字、平仮名、片仮名を使って言葉表記をする。漢字は表意文字なので、読み方が多様である。それは同音異義語を生み出す。ということは洒落や冗談がたくさん作られる。だが現実は語彙不足で通じない。若い人の読解力が落ちて問題となっている。それは当然だ。スマホや漫画が若い人たちを席巻し、言葉を置き去りにして視覚反応が鋭敏になっていることが原因でもあろう。この反応に思考力が追随しているかといえば、彼らは直感だから、そこに言葉の入る余地はない。人の心を読んだり、解り合うのは言葉である。言葉があれば、むやみに人を傷つけたり、殺したりはしない。言葉は人の行動のブレーキでもあり、促進でもある。人社会は表面の像ではなく、深く見えないところにある「もやもや」である。それを引き出すのが言葉だ。最近は無口の人が多くないか？無口になって、体のどこかがもやもやしていれば、人の動きも単に絵空事に見えるから、刹《せつ》那的《なてき》であって、餅を引くような粘り強さがなくなり、物と生き物の区別がつかなくなるのだろう。日本語を見直す機運を早く進めないと若い人たちの将来がますます窄《すぼ》んでくる。まずは日本語だ!!

今日の教訓　言葉を粗末にした国民は、知の財産を失う。

2020.12.11

礼節を知る

「衣食足りて天下の礼節を知る」。衣食が足りるということはどの程度をいうのであろうか。上を見ればきりがないが、衣食が事足りるという、贅沢を抜きにして考えれば、まあ今の生活がそうであるかも知れない。住も雨露《あめつゆ》を凌げるから、最近国会でよく使われる「俯瞰的」という言葉を使って眺めれば、私は礼節を知っている類の人間といえるかも知れない。ところでこの「俯瞰的」という言葉だが、日本学術会議の推薦者から6人が外されたことを思い出す。大空から大局的に捉えた結論のようだが、礼節を知り尽くし、時に知り尽くし過ぎた人が下した判断は、礼節を欠いて説明不足で不信を招く結果となった。政治家の会食は頻繁に行われているようだが、コロナ禍で感染もせずに仕事に精出せるのは、やはり礼節を知っているからなのか？庶民が食に不満を感じ、会食無下《むげ》に走れば密となり、コロナに感染することは誰でもわかる。ストレス多い庶民にはコロナにかかる機会は山とある。衣・食・住が揃えば三満《さんみつ》だが、ここには決して贅沢の感はない。穏やかに満ちることが平静を保つのに大事だ。それにしても目下の三密は平静を失い、本質から逸脱している。三満のどれかが欠けているからコロナが治まらない。混乱状態の中では対処に当たる医師、政治家、専門家は実に大変である。礼節の話がコロナに及んだ。コロナが納まれば果たして礼節は戻って来るのか？

今日の教訓　他者を思う気持ちがなければ、礼節は育たない。

2020.12.12

声聞けば安心。

仲好かった姉が他界した。落ち込んでいた。しばらくして姉の長女から電話があった。「おじちゃん、元気？どうしているかと思って電話した。」とっさに答えた。「うん、こうしている。」―「それならよかった。寒いから気を付けて。また電話するから。」―「んっ？」それだけでいいのかい？それにしても嬉しいけれど、さっぱりし過ぎた電話だった。さっぱりわからんという気持ちがやっぱり残る。生存確認はややこしいことを話し出すと死ぬほどつらくなるから、簡単でいいのだ。

今日の教訓　「こうしている」と言いながら、改めて何しているかを考える。

2020.12.14

貴方は何を恐れますか？

夢中というのは恐れと表裏一体でないと本物ではないと、日常の中で折々気が付くことがある。命がけでやってみるということの背景には、恐怖心あっての惚れこみがある、古くは剣豪が刀を恐れ、近代ではダイナマイトを発明したノーベルが火薬を発明し、使用を恐れ、現代ではアップル社のスティーヴ・ジョブズやマイクロソフト社のビル・ゲイツは息子にスマートフォンを持たせなかったとか。本物を追究すれば恐怖がわかるから、やたら表には出ないはずが、愚か者が多いから便利に託《かこつ》けて取り返しのつかないことになる。火薬から発展して原子力の核問題、スマホの頭脳能力低下問題、賢者は恐怖の塊だから、ブレーキをかけるのは当然だが、何故それならそんなものを発明するのか。そこが人間の矛盾であり、好奇心が爆発しただけの事。本質は太古の人間と何ら変わりない。話を日常において考えてみれば、政治家も政策をつくることにおいては発明家であるが、本来は政治に恐怖心が無くては人の信頼は勝ちえない。人を相手にして、人の怖さを忘れて虚飾の虚勢を張るから惨めな姿をさらけ出す。政治家は人とどう向き合うか。怖いから大事にするのは当然の理。医者が必死に患者と向き合うのは、患者の命が怖いからだ。コロナ禍で働く従事者の姿は、義務ではなくて本能的な美と映る。

今日の教訓 愚かは恐れを〈ないがしろ〉にした顛末。

2020.12.15

退《ひ》く名前

1.「どちらへ?」―「医者に」―「どこの?」―「大藪《おおやぶ》さんへ」　大丈夫か?

2. 祭りだ。客のいない露天商の店主が呼んでいる。「おーい、桜、頼むー」客振《きゃくふ》りの回しかい?

3. パイロットが見合いの席で自己紹介した。「落田《おちた》」です。女性は未亡人にならないか?

4. 草木や竹の茂った中に入り込むと、真っ先に蚊に刺される人が居る。薮中《やぶなか》とか。名前も関係しているか?

5. お大尽といわれる大金持ちが居る。江戸時代なら知行高《ちぎょうだか》によって一万石あれば大名だ。名を聞けば「千石です。」いまいちか?

6.「今夜一杯やらないか?」―「おお、いいな。どこで?」―「下呂で」―「やめとこ。」そりゃそうだろ。

今日の教訓　名洒落《なじゃれ》ぬ名よりも、名洒落《なじゃれ》る個性。

2020.12.15

私のタイプ

人はまさに千差万別。見た目や性格について、タイプが似ていてもまず違う。それで私のタイプを分析してみると、

1. 顔も頭もいい。だが性格が悪い。
2. 顔も性格もいい。だが頭が悪い。
3. 頭も性格もいい。だが顔が悪い。

としてみたが、こんな風にタイプを考えながら思った。自分のタイプなんて判らない。それは人が決めるものだと気が付いた。ただこのタイプに当てはまらずに、すべてが悪いと評価されたら、と思うと自分を否定することになるので、顔、頭、性格のうちの一つでも獲得できる自分を目指そうという気になる。人は私をどう評価するか？ところで相手にとって私が好きなタイプは、２かな？すべてが良ければ一番いいが、そんな人いるはずがない。まず性格だけは良くあって欲しい。顔はもちろん良い方がいいが、これは相対的なものだから好みに任せられる。やはり性格が良いというのが一番だ。昔から気立てが良いというのは宇宙の法則みたいなものなのだろう。

ところであなたはどのタイプの人が好きですか？

今日の教訓 欠点無しは完璧の無味という負の興味を背負う。

2020.12.16

クーポン券に縛られて

買い物や外食をすると割引クーポン券や無料券をくれる。それに縛られて、ついついその店に足を運ぶ。時に券が貯まり過ぎて、使うのを忘れる。後に気が付いて悔しい思いをする。多寡が50円位安くなるだけだが、この喪失感は何なんだろう？根性がけちん坊（吝嗇《りんしょく》）なのか？つまらぬところにけち臭い、そんな自分にうんざりしている。そう思いながら翌日またま同じ店に行く。押印があと4つで満たされれば景品がもらえる。押印期限はあと5日。通い詰めて満印を狙っている。世知辛いこと、その極みを自覚しつつ、店の手法に填《は》まっている。自分に呆れながら一日が過ぎる。明日も明後日も足を運ぶのだろう。

最終日、最後の印を押してもらって完走。もらった景品は「目覚まし時計」。帰宅して目覚ましをかけてみたら、その店の名前が最初に出てくる歌がいきなり響いた。これまでして洗脳しようとしているのか？目覚ましは没。結局ただ時間を見るだけの逸品？だった。箱の裏側の説明には〈Made in China 非売品〉としっかり書かれていた。

今日の教訓　クーポンの裏には代価の犠牲がある。

2020.12.22

毎日自分を確かめる

いくら顔のきれいな人でも、朝起きてそのまま食事して仕事に向かう人は、まず居ないだろう。人は無意識に常に自分の顔を確かめている。ホームに電車が入ってくると、電車の窓に映った自分の顔を、あっちとこっちと角度を変えて見つめてる。電車に乗っている者から見れば、こっちはその人と目が合っているのに、その人はこっち見て、目が合っているようで、気持ちがあっちに行っている。またデパートなどでエスカレーターに乗ると、片側に鏡がある。人は自分の姿を角度を変えながら、顔は鏡を見つめてる。人は皆、自分に磨きをかけて、自分の事で精いっぱいなのだ。私は朝、時々鏡を磨く。汚れの全くない鏡に映った自分は、清々しくて気持ちがいい。ところで政治家にこの気分を味わわせたい。汚れた鏡に自分を映して平気か。瞬時に変わる顔の変化も、汚れた鏡では判らない。自分を恐れない政治家が、どうしていい政治ができるのか。自分を恐れて、それでいい仕事ができるというものだ。見返りを気にしながら仕事をしている人間が居たら、世の中がギスギスして住みにくい。人が居ての人社会で、政治家の役割は本当に重い。コロナの中で、人の本心が丸見えになった。白旗を振るか、赤旗を振るか。医療従事者と政治家。

今日の教訓

鏡に映った今日のお前は、お前だけのものではない。
鏡に映った今日の私は、私だけのものではない。

2020.12.23

おしゃれか？ぼかしか？変わる日本語

私は日本語の語彙数はさほど多くはないと思う。話す時は、瞬時に言葉を見つける努力をしなければならない。立て板に水の人が羨ましい。人前で話すのは不得手だが、更に困るのは新聞を読む時、すっと身に入らぬ言葉が多すぎて、理解に時間がかかる。その原因のひとつが見かけぬカタカナ語の多さである。新聞は日本人のためにあるのだが、多くの日本人が何も感じないで読んでいるのだろうか。テレビ番組を見るためだけの新聞ならば、何とももったいない。記者は抵抗なく書き綴っているのだろうが、読み手の立場を考えたことがあるのか。今や新聞は社会の専門職に関係した一部の人々の読み物としか思えない。英語もどきのカタカナ語を優先するのか、日本語を優先するのか。答えは決まっている。必要ならばカタカナ語を添えればよい。

ところで私は日常の出来事を思い出すまま書きながら、そこに自分を意味づけている。大事な日本語を忘れないための方便かも知れない。同時に好みと仕事のためにフランス語を続けているが、フランス語については仕方ないとしても、日本語を話しながら必要な語彙を探すのに焦ることが頻繁にある。年の所為《せい》にはしたくないが、それを認めて敢えて言うと、向こう岸のフランス語とこちら側の日本語を頼りない橋で結ぶことは、生理的に二重の負担がかかっていると体感している。そこに更にカタカナ語を増やすということは、日本語の基本語彙を軽率にする危険がある。例えば法令遵守とすれば一目瞭然だが、何故コンプライアンスと言うのか？この語を定着させようとしているのか？今は一部社会の言葉と映るが、こういう状況下で辞書を取り出し調べるのは、日本語の勉強なのか、英語の勉強なのか？こうしたことが新聞を席巻しつつある。新聞を読んでいると、すぐに眠くなるのはそのせいだろうか？わかりやすい日本語で、さっと多くの記事を読みたい。

今日の教訓

言葉は通じ合ってこそ、言葉。

2020.12.28

三密の正体

コロナ禍で三密を避けるようにとお触れが出たが、それを守らずに会食している偉いお役人があちこちに居る。密接・密集・密閉は密通・密会・密約と映る。役人に「三密を避けよ」と言うことは、彼らの生き甲斐を奪うこと。コロナによって、偉い人たちの生態が恥さらしになった。

今日の教訓

つじつまが合わないのが役人。世間に順応するのが普通の人。

2020.12.29

花、色や形は違っても……

道を行く。季節外れの道端に、申し訳なさそうに咲いているスミレやタンポポ。人の目につかないところで紫や黄の色をつける生きる力。花畑で咲いたら、雑草として刈られるものが、そこで存在力を発揮している。自身で思わぬ所に芽生えて花付ける雑草が、生きる役割と価値を実証している。乾杯!!

今日の教訓　一本の道、はずれなければ必ず咲く化身の花に出会う。

2020.12.30

漢字の力

漢字という直線だか曲線だか、ごみだか点だかわからないものがついていたり、とにかくくちゃくちゃしたのが文字だという日本語だが、理解すればこれほど力のある文字は他にない。それを日本人はすらすらと読む。音読みだと何とか読めるが、意味が通じない言葉が多い。真面目を「まめんぼく」と読んだら、何だかわからない。美味しいを「びみしい」と言ったら笑われる。出汁は「でじる」でも通じそうだが、不味そうだ。そう、この不味そうについては、「ふみそう」という前に、ひとまず間を置けば「まずそう」と読めるだろう。何故か？日本人は「不」と「味」の意味を知っているから、味が良くない、つまり「まずい」と思考の順路ができている。

日本人（の漢字）とヨーロッパ人（のローマ字）との間には文字について表意と表音という根本的に違う意識がある。日本人は漢字を見ながらイメージを大和言葉に置き換えることができる。日本武尊を見た時に、「やまとたけるのみこと」と読み替える。初めて見る時は読めないが、一度記憶すればまず忘れない。漢字は文字なのか、絵なのか？フランス人がJésus-Christを見れば読むのは簡単だが、これは見た目も読み方も一つしかない。忘れた言葉を思い出すには、日本語が有利である。頭のボケてしまった人の症状をいう病は、日本語だと認知症とすぐに思い出せる。認という漢字と知という漢字がイメージ化されて記憶に寄与している。一方、フランス語ではdémenceというが、忘れたら思い出すきっかけがない。

私は日本語を母国語としていることに誇りを持っている。こんなに力強い言葉は他にあるだろうか。漢字を見て別の読み方をするなんて、知的曲芸じゃないか？

今日の教訓 日本人は日本語をしっかり学べ。

2021.1.2

生き物に言葉がけ

生き物は動物も植物も仲が悪い。近寄れば喧嘩する。個体で在ることが一番だが、そういうわけにもゆかないのが社会だ。昆虫も魚も……植物だって根を張り合って競ってる。人も同じく仲が悪い。ただ言葉を持っているから落ち着いているように見えるが、本質は他の動植物と同じだ。それなのに捕まえたり、倒したりして食べてしまう。人は捕まえられて、食べられる恐れは持っていないが、他の生き物は何を恐れているのだろうか。人が近づけば逃げるのは、やはり恐怖心があるからだ。生きることは残酷の一語に尽きる。それは動物の宿命という強者の論理で片づけられる。救いは同種類同士では食べ合わないということだが、すっきりしない。食べることについては、慮《おもんぱか》らずにはいられない。

今日の教訓 生きることは多数の犠牲の上に立つ。

2021.1.2

喧嘩相手

親を相手に、兄弟を相手に、友を相手に喧嘩をしない人は居ない。原因が些細な事からややこしい事まで無数だが、喧嘩の数は当人の数の半分以下しかない。何故なら喧嘩は相撲と同じで二人で取り組む意地の張り合いだから。１００人が集団を作って喧嘩すれば喧嘩の数は50以下ということである。原因は何であれ、突っ張るから口論となる。ところで何故人は自分と喧嘩しないのか？人は自分の言うことを一番よく聞く。自分に腹立つことはあっても、声無しの反省とか悔やみということでやり過ごす。自分が失敗した時は、加害者と被害者が同じなので攻めようがない。人はいつも自分が被害者と思うから腹が立つ。

今日の教訓　人は自分とは争わない。反省に勝る喧嘩は無い。

2021.1.2

好きこそものの上手だが……

文学部に席を置いて、語学を志すことは倍の努力を要する。文学好きはワインを飲みながら、いろいろなつまみを食べ、楽しむことができるのに対して、語学好きはつまみ無くワインを飲むようなものである。文学の翻訳書が無数にあるのに対して、語学のものは殆どない。学問として質の点では比較できないが、物知り量の点では大きな差が出る。翻訳書を読む場合と原書を読む場合では読書量に大きな差が生じる。世間は物知りを評価して、当の本人は満足する。だが知識は当てにならぬ。知識が悪知恵にかわる。誰もが気が付かない悪事を考える。上手とは言えない。上手は人とどうつながり合うかという時に、知識を知恵に変える。

今日の教訓

知恵は知識量ではない。

2021.1.3

箱根駅伝

2日、3日テレビに夢中になった。毎年同じ風景だが正月番組で新鮮さを失わない。誰もが毎日勝負で生きているが、勝つことは自分との戦いである。戦いの種類にもよるが、勝てば時の人となって名を残す。負けたって、その時だけの人とはなるが、称賛は二分される。

今日の教訓

全身の力を込めない戦いはない。

2021.1.4

日本語で躓《つまづ》く

親が居て、その子供が居て、子供の親はいつも我が子のことを考えている。その時の親の気持ちを表すのに、「子を思う親の気持ち」なのか「親の子を思う気持ち」なのか。どちらも気持ちなのだが、何か気持ち悪く、落ち着かない。「子を思う親」と「親の（が）子を思う」は同じ意味なのか？違う気がするが、それに「気持ち」が付くと、同じなのか？どこかが微妙に違うと思うのだが……「子を思う親」の方が優しい親の気がする。「親の（が）子を思う」の方は、愛情も含めて、思う事実を言っているようだ。前者はle cœur des parents qui pensent à leurs enfants であり、後者はle cœur que les parents pensent à leurs enfants と置き換えられると思うが、前者は子供のことを思っている親の気持ちであり、後者は親が子供を思うという気持ち。微妙にわかる。

今日の教訓　思い描いている風景を満足できる言葉で表したい。

2021.1.4

真っ暗闇と今の夜

夜は暗いのが当然だった。本来は真っ暗だから、危険は何もないし、表に出ても、とにかく見えないのだから、変態者が居るはずもないし、居たとしても鉢合わせして驚くだけだ。真っ暗な夜道の痴漢、そんな危険な話は聞いたこともないが、怖い話は多々あった。見えない世界だからこその話で、誰かが傍に立っていたなんていうと、ぞくっとしたものである。子供の頃は夜には畏敬の念を抱いていた。怖かった。その体感は今でも思い出せる。現代っ子に夜を恐れる様子はなさそうだ。昼が暗くなっただけのような感覚で、夜になっても昼のざわめきが消え去らない。夜が本来の夜であるためには、夜を恐れなくては生きるリズムを失う気がする。

コロナ禍が深刻になり、緊急事態宣言を出すついでに、試しに夜の灯りをすべて消し、真っ暗にして、皆が手探り状態の中で、完全な巣篭りをしたら、事件や事故が無くなるかも～？

今日の教訓　光のない所に事件は起きない。

2021.1.6

不思議体験 4

パリの地下鉄にダンフェール・ロシュロ（Denfer Rochereau）という駅がある。駅前広場の地下にはカタコンブ（catacombes）という初期キリスト教徒の墓所がある。娘が小学6年生の時に訪れた。螺旋《らせん》階段を降りて、蟻の巣のような迷路を進んで最奥に着くと、そこには頭骸骨が隙間なく並んでいた。他の骨はその奥の方に整然と積まれていた。ほどほどの光があるとはいえ、気持ちは落ち着かない。娘が簡易カメラのシャッターを切り始めたが、途中でシャッターが降りなくなった。仕方なく撮影はそれ以上できずに次の訪問場所のルーヴル美術館に行った。ガラスのピラミッドの真下の地下で、私が娘のカメラの調子を見ていたら、シャッターが突然分解してしまった。使い捨てカメラだから仕方ないと諦めた。帰国して現像したらカタコンブの写真が数枚あった。娘は満足したようであったが、写真ができたその夜から不思議なことが起こり始めた。ちょうど夜中の12時になると、裏の家の飼い犬がワオ〜ンと鳴き、それが毎夜定期的に鳴いた。私はだんだん気味悪くなった。娘は平気のようだ。私はその写真が気になって、厄払いのためにそれを焼却しようと提案したのだが、娘は折角撮った写真だからいやだという。同じことがそれからも続き、一週間くらい経ったころ、娘もだんだん気持ち悪くなってきたようで、ある日、厄払いを承知した。それですぐさま庭に出てこれらの写真、フィルムを合掌しながら焼却した。その夜からピタリと遠吠えが止んだ。

今日の教訓 炎は魂の安らぎ。

2021.1.6

知識は否定しないけど……

ある中学の算数の入試問題が新聞に載った。有名私立中学だが、興味で最初の問題に手を付けた。分数の計算で、等式が成り立つように空欄に数字を入れるのだが、のっけから歯が立たない。12～13歳の子供が解けるのか？ 制限時間50分。問題は多く続く。10分も考えて放棄。これが算数という類の問題か？ 数学だ。受験生にしてみれば、解くコツがあるのだろう。得意な子供は、計算力でいずれ宇宙を旅するようなことを実現できるかも知れない。羨ましい事だ。だがこれを解ける子供がどのくらい居るのか。合否を振り分けるための問題か？ 合格した子供には更に試練が待っている。世間が褒めるものだから、その評判に絆《ほだ》されて、ますます誇り高い自分を意識し、演出すれば自分を追い詰め、結果本来の自分を見失うことになりかねない。さて不合格になった子供はどうする？ 世の中難しい事ばかりではない。だからといって易しい事にすぐ飛びつくことは危険であり、先行きの目的が判らなくなる。不本意ながら入った中学だとしても、与えられた教科は真剣に取り組んで、自分の得意、好きな道を探すのがよい。好きならば、得意でなければならない。それには勉強は欠かせない。高校、大学……有名校が幸せの原点というわけでは決してない。これからは専門学校が優秀人を育てて、世界の職人をつくるべきだろう。皆が専門家を目指せば、話題も途切れず楽しいだろう。それには多種の専門学校を無数に作らねばならないが、これは政治家の技量にかかる。

それでまず、教育と名の付くところはすべて無償が好ましい。日本の知的財産を守りませんか？多少税金が高くなってもいいではありませんか？皆が好きなだけ学べる環境を作りませんか？有名校指向ではなく、自分の得意を試せる仕事場指向の学校を創りませんか？

今日の教訓　知識は権威ではない。

2021.1.7

ここに住んでいること

コロナ禍で、私は「考える人」になる。ロダンでも冗談でもない。難しいことは考えないけれど、巣篭り状態の中で、ゴミだしの日に近隣の人と顔を合わせる、家の前を隣人が通る、夕食をしに駅前まで歩く。その3行動が私の外交である。貧しき外交官だが、そこで考える。大きな望みは持たないが、この一角に一味違う人間が居たんだと言われる人になりたいと。

今日の教訓　高望みする前に、身の周りを固めよ。

2021.1.7

コロナで思うこと

東京の感染者が1500人を超えるようになった。1年近くコロナ、コロナで世界中が振り回されている。ステージ4とか言いながら、渋谷駅前の交差点が放映される。若い人たちが多く出歩いている。歩くだけなら三密は避けられるが、この流れの先に会食、飲み会があって、これが元凶と伝えられる。年寄りは夜の会食は極めて少ない。どうも今では若い人と中高年の間には異なる文化が生まれて、意思疎通ができないような日常があるようだ。情報過多の中で、相互の生活リズムがかみ合わない。今は中高年が時代遅れと言われたくはない。そして上から目線で言いたくはない。同一社会の同一レベルの話題だ。中高年が、過多情報の消化に追われ、はしゃぎ騒いでいる若い人たちに、コロナ対策情報を流したとしても、ザルで水を掬《すく》っているようなものだ。徹底するならば全面閉鎖（ロックダウン）して外出禁止令を出すくらいのことをしないと、コロナは消えない。新たな情報システムの文明開化によって、人間が踊らされているのではないか？窃盗、詐欺、殺人、暴力、人間不信、不要な情報、思考力の低下……は更に進んで、それがこれからの社会に蔓延して行くのではないか？目に見えないコロナの蔓延と似ている。これではコロナは消えない。世界中がという前に、日本の若い人たちが便利さに絆《ほだ》されて、愚かになりつつあるのを、今、考える必要がある。問題は情報機器の無制限利用である。これによって活字を読まない、視覚による直感力は早くなっても、利那的ゆえに、ものを一呼吸おいて考えない……先行きが暗く見える。コロナ対策に歯止めをかけている原因は、ここにもある。

今日の教訓

人は豊穣の中では、恐れが判らない。不便の中で知恵者となる。

2021.1.7

私の言葉世界

新聞を読んでいると、時々私の目を引く文章に出会う。何度も読み返す。状況を察すれば自分ならばこう書くだろうと言葉を探したり、読点《とうてん》の配置を考える。「てにをは」を選ぶ。いい文章と感じれば感じるほど、著者の書き方を自分のやり方に重ねながら、取り込んでみようする。だが私には不可能な違う世界の言葉遣いと気が付く。悔しいかな、次に進む。いいと思う文章は、何度も読み返すので時間がかかるし、疲れる。難しい言葉を使っているわけでもないのに、人の心に素直に入り込む力のある文章というのは羨ましい。そんな文章を書きたいとペンを走らす。自分なりに気の乗った文章を書いている時は、知らぬ間に声が出ていてペンが調子よく動いている。自分なりに好きな文章とはリズムがあって、気持ちが良い。

不可解な文章もある。これも目を引くが、これは素直に心に入り込まないから、私のやり方で処理できる。単語の配置や「てにをは」を換えればいいものも多い。これは著者の伝達に対しての配慮が欠けただけのことである。

今日の教訓　書いて自分の言葉遣いを追う。

2021.1.8

動物の子供は何故可愛い。

子猫や子犬……に癒されるのは何故か?子供の時はすべてがかわいい。それが年を取り、だんだん変化して、癒しを超えて、自己に目覚め始めるといやらしくなり、その頃は顔つきも変わっている。我が家にくる猫に癒しはまったく無い。私の顔見て堂堂と去ってゆく。可愛くないから、パンッ!!と一発手を打つ。ビクッと一瞬止まって早足で去ってゆく。ああ、小憎らしくて可愛くない。とはいえそいつも子供の頃はいい振り放《こ》いて?チヤホヤされたのだろう。子供の頃は何故可愛い?自分を見せようなんて思っていないから裏がない。そのままというのは本来、素敵なことなのだ。心の真実を見せるからだ。知恵がついて賢くなると、隠すということを覚える。これは美徳とも関係しているが、癒しにはならない。自分はいつまでも子供のようであっていたいと思っても、変態でなければ世間がそうはさせない。猫や犬もスリスリを経た後は、無表情になる。動物はすべて初めは癒しを提供するが、やがて良くも悪くも知恵がつき、自分が癒しを求めるようになる。癒されるというのは人間独特の感情か?猫や犬がラッコやレッサーパンダの子供を見て、癒しを感じるか?そんな様子は想像できない。自分の子供に気持ちが動くのは、癒しではなく、本能だ。人が感じるのは子供の無邪気さだ。それが癒しなのだろう。大きくなれば邪気だらけ。これは確かに敬遠される。

今日の教訓 無愛想は癒し後の副反応。

2021.1.8

見えない周囲を感じる瞬間

自分が不思議な空間に生きていることを感じることがしばしばある。物ごころついた頃から、自分の歩む空間に必然的に仕込まれたものが見える気がする時がある。心の中で何かと会話している。声をかけている。直感とも違う。瞬間の影の追随だから言葉にできない。私の背後に何かがある、誰かが居る。会話している。巷の怪談話しではない。生きるという連続の中で、刹那の影を受け入れているのかも知れない。誰でもみな同じではないか。私は自分がひとりで歩んでいない気がする。この感情は何のか？同じように感じている人は居ないのか？誰もが糸を放っていて、細いか太いかは判らぬが、絡《から》め合わせている。生きることは過去、現在、未来の繋《つな》がりで成立しているとしか思えない。

今日の教訓　人はひとりの時が、一番人らしい。

2021.1.8

不思議体験　5

　S氏は40代で亡くなった。学生時代からプロの写真家で、当時既に雑誌の表紙などを飾り、人気写真家で有名なA・S氏の弟子として嘱望されていた。大学の卒業アルバムを手掛け、一年後輩の私は翌年のアルバムを作るように勧められた。カメラの持ち方、撮り方などいろいろ教えてくれた。時々呼び出されて飲んだこともある。レイアウトのプロH氏も紹介してくれて、形なりにアルバムができた。卒業後は会うこともなく、数年が過ぎた。私の勤務するところで、4月に仕事始めの顔合わせ会があった。どこかで会ったような記憶のある女性が居た。彼女もそれとなく私を気にしている様子だった。立食なので宴たけなわになったころ、彼女が寄って来た。話していてわかったのだが、私がアルバム作りのために奔走していた時、3～4年合同ゼミがあって授業風景を撮らせてもらったことがあった。その時の状況、雰囲気は50年以上経た今でもよく憶えている。彼女は一年後輩で、その時そのゼミに参加していた4人の学生の内のひとりだった。S氏のことを中心に、アルバム作りの話に及んだ。思わぬところでS氏の話が出て、懐かしく思い出した。

　それからしばらくしてS氏の訃報が入った。葬儀は既に終えていて、その後S氏のご自宅に焼香しに伺った。ご遺族の方の話から察すると、S氏が亡くなったのは、私たちが二人で話し合っていた時間と重なっていたことがわかった。

今日の教訓　人は見えぬ何かで繋がっている。

2021.1.9

一日がもっと長くなれ!!

年を取ったことは棚に上げて、コロナ禍の所為《せい》にするが、好きに自由に過ごしていると、一日がやたらと早く感じる。天に向かって「もう少し一日を長くしてもらえないか?」無理を承知で頼んだら、余計に短くなった気がする。更に焦る毎日。

今日の教訓　焦ると人はとんでもないことを考える。

2021.1.11

我が家のヒヨドリ　第二話（帰ってきた？）

同じ顔をしているので、去年のヒヨドリかどうかわからない。去年は去り際に挨拶をしていったあの様子が忘れられない。今年のは何か落ち着きがない。親に託されてきたのかも知れない。今年はメジロの方が頻繁に来ている。こちらは少し小ぶりになったようで、去年のメジロとは違うようだ。今年のメジロは二羽でりんごをつつくことはなく、一羽が脇で見ている。一羽が食べる。ヒヨドリと同じだ。鳥の世界の生活習慣は判らないが、必ず二羽が居る。常によく一緒に居られたもんだ。人間ならばストレスが貯まって喧嘩になるが、鳥たちは大したもんだ。或いは顔が皆同じだから、取っ替え引っ替え相手が代わっているのか？そうとは思えないが、鳥の世界も夫婦の問題、食料の問題、いろいろあるだろう。巣立った子供は親のことを思っているのか？すっかり他人となるのか？母親に出会っていい仲になることはないのか？エディプスコンプレックスだ。近親相姦、近親結婚はないのか？戸籍がないからルーツが判らない。賢い鳥はそんなこと心配しているのではないか？何も私が心配することではないが、我が家に来るヒヨドリ夫婦？メジロ夫婦？を見ていると、余計な気を遣う。

今日の教訓　他人の事を考えるより、自分のことをまず考えよ。（一人暮らしの窓辺で）

2021.1.13

歯医者

歯医者に行った。治療が始まった。女性の医師は「眼鏡をお取りください」「顔にタオルを失礼します」「口を開けて下さい」「軽く開けて下さい」それで治療は滞りなく進む。一通り終わってそのあとに院長が点検する。院長はまだ若そうだ。40歳くらいか? 物静かで、冗談は言わなそうだ。そっと私の脇に座って、「はーい、アーンして」。私は口を開いたが、何か落ち着かない。「アーン」はないだろ。幼児の延長か? それともコロナ禍で頭がまぜこぜになったたか?

今日の教訓

人は年季が入ると子供になる。入り過ぎると幼児になる?

2021.1.14

人を見て老けたなんて言ってられない。

40年近く前に、ある友人の家を訪れて宿泊させてもらった。男児が3人居て、一番下の子供がその辺を駆けずり回って、学校に通っている様子もなく、元気にはしゃいでいたから恐らく5～6才であっただろう。今年、その末っ子から年賀の写真が送られてきた。本人と奥さんと男児二人が、どこの家庭にもあるような幸せいっぱいの様子で映っている。あのやんちゃ坊主が、若いけれど、いいおっさんになっている。それでも髪は立派で、ちょっとした口髭なんか生やしてる。男前で奥さんも綺麗だ。時が経てば、40年間というどこか闇の空間に流れていたものが、現実の姿を映して私の目の前の現れる。不思議な感覚だ。人のことは言えない。そこで自分に立ち返る。40年前は私も若かった。その40年後の私は、髭は生えるが、髪は生えずらい。ってか？

今日の教訓　頭は使えば使うほど、てかる日々。

2021.1.14

我が家のヒヨドリ　第三話

一年たってヒヨドリが二羽戻ってきた。躾《しつけ》のいいのと悪いのとが居る。りんごを6分の1に切って、毎回庭の片隅の葡萄棚の上に据え付けるのだが、育ちのいい方は、食べ方に品がある。端の方から徐々に食べて、その軌跡は芸術作品のようだ。悪い方は雑のひとことに尽きる。食い散らかしもすごい。落ち着きがなくて、周囲におびえながら食べている。相変わらず二羽で一緒に食べることはない。立派な夫婦か、それとも事実婚か？二羽が立ち去ると、すぐにメジロが飛んでくる。二羽でだが、今年の二羽は時々喧嘩して、一方が先に食べて、脇で他方が待っている。まあ夫婦だろうから、どこの世界にも諍《いさか》いはあるもの。その証拠にすぐに一羽が合流し、仲良く食べている。仲直りだ。野生というのは、食べ物を探すのが仕事なのだろうが、

それにしても一度に食べる量は、ヒヨドリの場合、ピーナッツ一個くらいだからすぐに腹を減らすだろう。何度もやって来る。その合間にメジロが残された餌を掠《かす》めに現れる。どこかで見ているのだろう。鳥の間では、生きるための切実な争いが起こっていると見て取れる。最近はメジロの方が可愛く思うようになった。判官贔屓《ほうがんびいき》というものか？

今日の教訓

空腹を愛で満たすことはできぬ。
愛する前に空腹を満たせ。

2021.1.15

親ばか

娘が小学校6年生の夏のことだった。夏休みに俳句作りの宿題を出されて私に振ってきた。安請け合いの即興で

秋深し　セミが鳴いてる　カナカナ……かな？

娘の判定、即座にひとこと「ボーツ」
もしそれを提出して、秀作とか言われたら……と後々不安になる私も馬鹿だったが、娘が賢く、それを切り捨ててくれたお陰で気が楽になった。とはいえ万が一提出されたらと思うと、しばらくは落ち着かなかった。私の見る風景と娘の心情は、まるで違っていたようだ。30年前のことだが、この句だけは憶えている。娘が爽やかに「没」と言った声が今でも聞こえる。さほど私に期待なんかしていなかったのだろう。娘に遊ばれていたと今は余裕を持って追憶している。

今日の教訓　安易に取り入れれば、後に肝を冷やす。

2021.1.15

気分が萎《な》える

ある本に書いた。よく切れる子供は「切れ児」という。それでは母親が違う子供は「異母児」だ。ということを娘に話したら、ピンとこなかったようで解説した。この段階で絶望感があったが、娘は笑うどころか、私をたしなめた。「気品がない」と。それ以上、言葉が続かなかった。ああ、とんだ空しさの跳ね返りだ。

今日の教訓 洒落・冗談を説明してはいけない。

2021.1.17

緊急事態宣言が伝わらない

コロナに対する緊急事態宣言が出たが、若い人が守っていないということが社会問題となっている。20代の人にインタビューしたテレビの番組を見た（1月17日、サンデージャポン、フジテレビ）。政府の言っていることがわからないという。その他いろいろ理由を述べていたが、気になったのは、日本語が通じていないのではないかということ。日本語が浅いところで飛び交っているとしか考えられない。音声を遊びとして楽しみ、そこに重みを感じていない。原因は直感だが、スマホではないか？便利だけれど、思考力を奪われているのではないか？日本語の伝達力を見直す必要がある。日本語を読む、書く習慣を身に着けなければならない。カタカナ語の氾濫で、「ぼかし」の像を追いながら、肝心なことを聞き逃しているのではないか？カタカナ語を制限する必要がある。すぐにである。

今日の教訓 言葉は精神の宝であり、音声は心を彩る。

2021.1.17

我が家のヒヨドリ　第四話

りんごをいつもの場所に置いてやると、すぐにヒヨドリがやって来てついばむ。腹を減らしている様子が見てとれる。こんな鳥が多ければ、果実農家はいつも鳥に悩まされているのだろうと思う。しかし鳥は人のことはどうでもいい。自然の中に果実があるのだから食べるだけの事。鳥からすれば人が邪魔なのだ。本来は互いに敵同士なのだが、今しがたの敵も今は友となる。ヒヨドリから見た私のことだ。こうして餌に有りつけた鳥は幸いだけれど、ヒヨドリは渡り鳥と聞く。もし海の上を飛んでいるときに、腹が減ったらどうするのだろうか。ヒヨドリに限らない。渡り鳥が航海中の船のマストに止まって羽を休めることは知っているが、そこはサービスエリアではないので空腹を満たすことはできない。鳥の世界には人の判らぬ生き方があるのだろう。私がとやかく言うことではないが、我が家のヒヨドリを眺めていると、つい気になる。一回の食べる量があれほど少なくて、どのくらい飛べるのだろう。陸上を飛んでいたって、そう簡単に餌場はあるまい。他人事ながら気にかかる。それにしても、いつも来る夫婦らしき二羽のヒヨドリの生き方は、固い絆で結ばれているようだ。かれらはその日ではなく、その瞬間に確かめあって生きているようだ。

今日の教訓

その時暮らしは、真剣さが違う。
人の真剣さといっても、鳥には及ばない。

2021.1.18

鏡は魔法使い？

自分の顔を知らない動物たちは、自分をどのように認識しているのか。人は自分の顔、形は鏡があるからそれとなく判っている。左右逆だから完全に見ているわけではない。上面《うわつら》の自分である。他人だけが本当の顔を見てくれている。鏡の前で厚化粧なんかしたら、他人と向き合っているだけだ。本来化粧は身だしなみ程度のものが人の目を引く。ところが自分を見つめていると、鏡の中の魔法使いがやって来て、やたら指示を出し、夢遊病者の如くいじられる。結果は魔法にかかって自己陶酔。一方、初めから自分の顔が判らない動物たちは、自分が一番と思うしかないのだろう。そう考えると人は自信がないのか、顔をいじくる。鏡を知った人間はすごいと思うが、その分、人は自分を偽ることを覚えた。というより鏡の魔術にかかって、更にさらにと引き込まれ、本来の在りの姿を包み隠してしまった。動物はまだまだ素直だ。けれど鏡を見始め出したら、危ない!!猫が鏡の前に座って、白粉《おしろい》塗って、紅《べに》さして、ピアスなんかして、アイシャドウいれて、頬《ほお》っ被《かぶ》りしてこっちを見たら、そりゃ怖いだろ。化け猫だ!!

今日の教訓 いじくりすぎるのが人間で、犬や猫は本当に可愛い。

2021.1.20

迷走　東京オリンピック

オリンピックは中止、と何故言わない？国民アンケートの85〜6％が不可能と言っているのに不可解極まりない。疑えばきりがないが、日本から中止宣言を出すと、国際オリンピック委員会からの補助金も、慰労金も出ないことを惜しむためか？或いはこれまで開催を主張してきた日本オリンピック委員会、首相らの面子《めんつ》に関わるからか？金がもらえなくてもいいではないか。またいちから一生懸命働いて頑張るのが日本人。首相は苦労人らしいが、人の命が一番ということを全世界に発信すべきである。全世界のスポーツ選手、応援者の命を守るため、日本が世界の命を守るため、スポーツがくじけず発展するため、世界の了承を得る、という宣言をすぐさま出すべきである。それが日本の勇気であり、今はその勇気に気付かず、ただおろおろしているだけが目に映る。オリンピックは地上の小さな出来事。コロナは地球すべての生存にかかわる大事。日本政府は勇気があるのか、ないのか。今、世界に試されている。

今日の教訓　命より大事なものを探せ。なければ命の伝言を出せ、命令。

2021.1.20

夫婦喧嘩の有り無し

穏やかで仲良さそうな夫婦が居る。羨ましい。何かの折に喧嘩の話が出る。「一週間互いに口も利かない」なんて聞くと私は落ち着く。嬉しいじゃ〜ぁありませんか。いやいや、人の不幸を喜んでいるわけではありません。変な話だけれど、彼らの喧嘩度が激しければ激しい程、私の気持ちは楽になる。再度言うのも何だけれど、決して妬《ねた》み、やきもちなんてことはない。喧嘩した者の言い分は、同情を誘っていることが多い。まずは彼らの雑言《ぞうごん》を聞くだけでいい。変に煽《あお》ったら後から二人に仕返しされるから、危ないことは言わない。でも何で相手の喧嘩で私の気持ちが落ち着くのか。私は本来喧嘩ができない性格で、本気に怒ったのは一度である。もちろん自分から喧嘩を吹っかけたことは一度もない。だから「喧嘩はある」というのが経験から大前提として心の中にはある。大袈裟だが、喧嘩嫌いな私にも、そのことについては自信はある。

夫婦は喧嘩するものである
二人は夫婦になった
故に喧嘩しないわけがない

喧嘩度は仲が良い程激しく、長引く。私も身近に論理通りの夫婦の営みを見るから、安心して落ち着くというわけだ。大体、喧嘩しないというのは緊張し合っているから、常に気持ちのどこかに負担を負っている。これは不健全。包み隠しの装いだ。どこかが疲れているはずだ。ところで仲のいい兄弟は遠慮しあってはいないから、喧嘩すれば腹立ち具合は激しく、限りなく疲れるけれど、立ち直りも速いだろ?仲のいい夫婦ほど疲れるのさ。ただ回復力もあるから、不健全ではない。では一番いいのは、一人で居ることか?喧嘩がないから穏やかそうだが、ひとりは退屈だ。それでストレスが貯まって人恋しくなる。よその夫婦の喧嘩話を聞いて安堵している場合ではない。しがない自分に呆れて一人喧嘩している。自分に喧嘩を売っている。結局人はどんな状況に置かれても、不満の 塊《かたまり》を持っていて、誰かにぶつけて発散させて凌いでいる。

今日の教訓 喧嘩はエネルギー、したくはないけどしてしまう。

2021.1.22

風呂に入ったら

体は汚れやすい。風呂に入って汚れを落とすのは当然だ。相手が風呂に入る時に「大事なところをよく洗って……」と言うと、一瞬息を止めて笑う。「頭だよ」と言うと、余計笑う。一体何をイメージしているのか？ 翌日、同じことを言うと「頭ね」と言うから、「ちゃう、今日はもっと下の方」。一瞬息を止めるから「へそだよ」と言うと、「ああ、そうか」慣れっこになっている。翌々日、同じこと言おうと思ったけどやめた。相手も返答しにくいだろう。このような話、どこかでした気がする。爺活《じじかつ》では時が過ぎれば、折に触れて同じことを繰り返して言っている。

今日の教訓　ことさら大事な話は、忘れようにも口から突いて出る。

2021.1.26

声のない会話

身の回りの人や友人が、いつとはなく消え去って淋しくなる日々だが、長く生きれば新たに知る人も増えて、それで人は帳尻を合わせているのだろうか。私が生きている限り、亡き人々も鬼籍に入《い》っただけのこと。故人の籍、つまり私の故籍にはきちんと記されているのだから、この世で共に生きているということを改めて思う。ただ隣り合わせの空間に居るだけの事。声をかければすぐに返事するようなもの。ということはこの先、私が死んでも、私の知人が居る限り、私は彼（女）らと声かけあって一緒に生きて行くということか。慰めともとれるが、ある時に突然訪れる別れは辛い。私が幼いころに去った知り合いは、今でも私の中に生きていてはっきりと見える。だからこの人たちがこの世から消えてなくなるのは、私が死んだ時である。ということは誰でも死んでからその後、１００年位はこの世に生きているということになる。長屋のような所でか?仕切りの壁は薄い方がいい。なくてもいい。

今日の教訓 居ても居なくても繋がり続ける。

2021.1.27

年の取り方

私は77才。77年間を生きてきた。年を取るって気軽に言うけれど、生きる予定の年齢から77年を取り去ると……。いい気持ではない。年を取るということは、年を加えるのではなく、年を引くことなのか?毎年単に年をひとつ加えてきた。貯金で年を貯めるようなことだが、同時に予定の年齢からこれまでの生存年数を引くこともできる。これは財産を減らすことで緊張感がある。今までは年を加えてきたが、そんな簡単な思いの中で生きてきた自分が何やら考え始めたようである。生きることは、足し算なのか引き算なのか?「取る」というのは取り込むことか、差し引くことか。年を貯金することなのか、それとも一生という財産から毎年持ち出すことなのか?始点から年齢を積み責めるか、それとも終点から引き責めるか?

いい年の取り方をしているというけれど、年寄って円満な人は多い。そこで気になるその人は、足し算しているのか、引き算しているのか?長らく生きてくると、引き算も加わっている気もする。あと何年ということが先に立ち、自分を見つめ直すから、他人から見ると何かを悟ったように映るのかも知れない。これは大事なことだ。私も年を聞かれると正直に答えるが、それは足し算の答え。同時に引き算している自分が居る。その答えを言うかって?やめとこ。今は言わないよ。考えているけれど、うっふっふ。

今日の教訓　人生は足し算に始まり、引き算が加わって落ち着く。

2021.1.28

天井の高さ

天井が高くて背伸びしても手が届かないし、飛び跳ねても届かない。それが人生というものか？わかったような……よく分からない。日常は無限の可能性に満ちているけれど、私たちはそのうちのひとつだけしか選べない。それが幸福なのか、不幸なのか。運命だからといって諦める前に、天井の高さを見直す。天井の高い屋敷に私は似合わない。かといって天井の低すぎる家も窮屈で住むには適さない。居場所はどこ？やっと見つけた家は居心地はよく気分はいいけれど、気が付けば私以外に誰も居ない。空間に満足したが、点睛《てんせい》を欠いた。だがこの空間はまるで私に求められたかのように装って私に付きまとう。いや〜、これが運命というのか。ああ、仏様!!天井と頭の間をすきま風が吹いている。天井にもうすぐ届くようにさあ、跳躍努力。

今日の教訓 人の毎日は、不満があるから満足の積み重ね。

2021.1.22

子供が言うことを聞かない

今朝のモーニングショーで子育て苦労の話。子供が散らかし放題で片づけをしない、何でもいやいやと言う、泣き止まない、食事中に手が止まってもう食べない……どうしたらいいのか?ベテランの保育士の助言で、「おかずを小さく切ってみて……」子供が食べた。私は自分のことを思い出した。何を食べていたかは忘れたが、戦後のことで食べる物にも事欠く始末だったから、相当粗末な物だったと思う。「これもういやだ」と言ったことは憶えている。その時、母親が言った言葉や力ない表情もうすうす思い出す。「マッカーサーがこれを食べなさいって言ったんだよ」マッカーサーはその時、一番偉い人と思っていたから、私は急いで食べ始めた。母の言葉って大事だ。今は何でもある時代だけれど、子供が自然の中に溶け込める場所もないし、母親も仕事を持って時間に余裕がないし、子供の要求に応えたくても思うように行かない。言葉の発想と問いかけで、狭い空間を円滑に住みよい場所にしたい。

今日の教訓　言葉は魔術。

2021.1.23

金魚に質問

真冬になった。ニュースを見ると、天気予報で温度と湿度が示される。部屋は寒くて乾燥している。金魚は多少動きが鈍くなっているようだけれど、最近はメタボ気味である。一匹だけだが数年も付き合っていると、毎朝顔を合わせるたびに問いかける。

1. この真冬に裸で寒くないのかい？乾燥しているけれど、息苦しくはないのかい？真っ赤な暖色系の色しているから、寒そうには感じないし、水の中だから乾燥は関係ないか。口パクしているけれど、咳しているわけではないのか。呼吸しているのであれば、咳をしたり、くしゃみしたりすると思うのだが、見たことがない。魚にも都合があるのだろう。

2. 食べ物は毎回同じで飽きないかい？金魚が果実や野菜を食べているのを見たことがない。栄養のバランスを考えた餌であっても、同じものの連続では、私だったら気違いになるところだが、よく冷静にしていられるものだ。餌の原料に納豆菌やガーリックなどが含まれているようだが、納豆や餃子を食べる金魚なんて想像できない。だが数十種類の原料を混ぜ合わせた餌を食べている金魚の方が贅沢なのか、それぞれ別に食べている人間が贅沢なのか。どちらか判らないが、ただ人間は我が儘であることは間違いない。

3. 自分の排泄物が溶けている水の中で平気なのかい？ 相手が居たら……と思ったことはないのかい？

人が仕掛けた環境に金魚を住まわせて……愚問だ。魚は常に水の入れ替わる所に住んでいるけれど、人のエゴで自然から切り離されて、とんだ環境の中に置かれる。自然の中で金魚の当たり前だったことが、こうした環境に置かれて、人から見れば変なことと映る。自然に返せ。頻繁に水を換えるのは当然だ。金魚は嫌でたまらないが、我慢しているだけのこと。体全体赤くして、恥じ入っている？ 怒っている？ それとも飼いならされて、ぬくぬくと満足し、もっともっとねだってる？ 人のエゴは止まらない。ああ、申し訳ない。

今日の教訓　ペットは常に人より強くはない。

2021.1.23

こんがらかる話

前に漫才かどこかで誰かが言っていたのを思い出した。「英語は何語か？ 日本語である。」コロナ禍で自由時間が多くなると突飛なことを思い出す。それで再度考える。English はイギリス人やアメリカ人が話している言葉で、それを英語というのは日本語である。English を翻訳して「英語」とした時には既に日本語だ。だから「英語」は日本語だけれど、英語＝日本語ではない。つまり……やめとこ。

今日の教訓 「やめとこ」は勇気ある心の常備薬。

2021.1.24

顔無し・口出しうるさ型

コロナが世界的に流行して恐怖の毎日である。ウィルスは地上に生物が現れた時から存在したらしいが、人間と関わって危機が叫ばれたのは、常に文明開化時期と関係していたようだ。ルネサンスの頃にペスト。そして情報技術（ＩＴ）の現代に新型コロナウィルス。最初は一部の地域に限られていたものが、人の移動で拡散した。いずれも人類史の転換期に大きく姿を現した。それは人間にとって幸なのか、不幸なのか？ルネサンスは文明開化としていい面ばかり強調されるが、本当に庶民の求める社会に変化したのか？裏の面もあるはず。それは今、コロナ禍で同じことが見える気がする。情報技術が大きく発展したかに思えるが、この面は後々ルネサンスと同じように、プラス面として残るだろう。しかしテレワークやオンライン授業など、また情報戦争による探り合いなど、もし長続きしなければ、これらは裏面として消されるだろう。コロナはその裏面に対する警鐘ともとれないか？情報技術の急速過ぎる進歩と、人間の豊かさを求める歩調が合っていないと私は危惧する故に、コロナは本来の人間の有り方を回復させるために、世界に伝播させた発信なのではないか？そのメッセージは「互いを信じ、相手の進言を守り、協力し合え」と言っているのではないか？非常事態宣言下でコロナは人の我が儘さを露見させて見せつけたのかも知れない。今はスマホを持たない人を見つけるのは難しいほどスマホに頼っている。人は動物として機器に知恵や知識を頼るのは不自然なのである。

今日の教訓　ウィルスは人の生き方に対する警鐘。

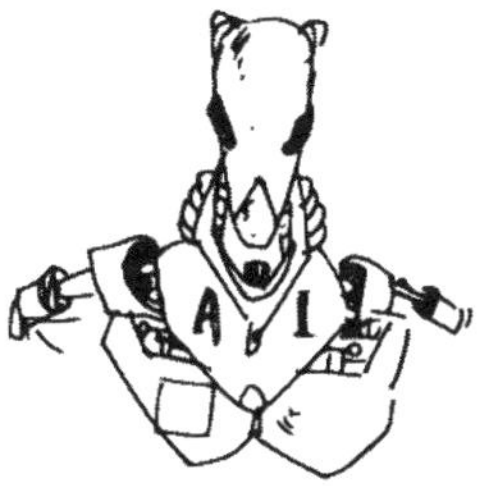

2021.1.25

学校はすべて無償

高い入学金を払っても、途中で退学せざるを得ない学生が少なからず居る。奨学金を受けられる学生と事情で受けない学生が居る。中退した学生は、それまでに払った金が何の役にも立っていない。そんなことを多く見てきた。親も子も無駄な金を使ったと嘆いたに違いない。子供が金の心配もなく勉強できる環境を整える必要があると考えてきたが、個人で力説してみても手の出しようがない。やはり政治が動かないと解決できない。それで結論から言うと、教育機関はすべて無償がいい。幼稚園から大学まで、専門学校ももちろんすべて無償。日本の知的財産を格差社会の中で消滅させることはできない。学びたい若い人たちに十分に機会を与えてこそ一級国家である。建築業、農業、漁業など、生活に関わる全ての職業の専門学校を創り、思い切り学ばせる。いいじゃありませんか。税金がいくらか高くなっても、親は学費ゼロを考えれば納得するはず。子供のいない人も専門家養成に反対はしないはずだ。コロナでこれだけ給付金が出せるのだから、若いすべての人たちに教育を提供するのは不可能ではない。今後の社会改革の一案だが、ただし入学試験と卒業試験は厳しくして、すぐに社会に投入できるようにしなければならない。税金を使っているのだから甘くはない。好きなことを無償で学べるのだからこんなに都合のいいことはない。進学者の数は増えるだろう。何をしていいのかわからない若い人たちが、脇道にそれることも少なくなるであろう。今の制度では将来に不安を持ちながら、結局希望通りの道に進めないのが大半である。学生に専門性を付与して自信を持たせなくてはならない。好きで学んでいることに文句を言うわけがない。優秀な学生が、金が無くて進学を諦めるなんて本人の無念は他人には想像できない。政治が出るしかない。皆が優秀でなくてもいい。好きな道を選択できるように、政治が受け皿を提供すればよい。格差社会の凸凹を平均化するひとつの考えではないか？

今日の教訓 学びに積み残しはいけない。

2021.1.27

もてない男の言い訳

手帳を見る。真っ白で文字ひとつ無い。何ページかめくると文字があるが、線が引かれていて行事は取り消し。コロナですべてが中止となった。気楽でいいが、気持ちが緩んで全然手帳を見なかったら、歯医者の予約をポカしてしまった。後日診てもらったが、自分の仕事をすっぽかしていたらと思うと冷や汗をかく。それ以降一週間ごとにチェックしている。これがもし誰かとデイトでもする約束でもあれば、手帳が真っ白であっても、手帳を見なくても、外すことはあり得ない。今のところ、いやこのところずっとだが、デイトする機会もなくしょぼくれているが、たとえデイトの機会があっても、コロナ下では緊急事態宣言のもと、これは不要不急の事だからダメとか言ってる自分を想像して、柄にもない強がりとコロナの所為《せい》にして慰めている自分がみすぼらしい。何たることか‼手帳の空白は私を精神的に追い詰める。何でもいいから手帳に書ける予定が早く入って欲しいものだ。

今日の教訓 強がりは言い訳に過ぎない。

2021.1.28〜29

コロナウィルスが見た地球

地球環境がますます悪化している。温暖化、廃棄物汚染……人が知恵を絞って問題解決しようとしても、文明開化の速度が早すぎて追いつかず、抑え込む手立てが見つからない。このままだと人類が滅亡する。そんな時にコロナが出てきた。人は右往左往して、ただコロナ封じ込めにきりきり舞いしている。何故今コロナなのか。コロナは今の地球の姿を見ていて、人の奢《おご》る気持ちに釘を刺したのではないか。コンピュータの出現は、一気に生活様式を変えて便利になったが、公害物質をやたら排出し、温暖化を引き起こすほど日常生活に不安をもたらす結果を招いた。影のない物言わぬコロナは、それを見ていて一時的にも、人の行動を止めようと挑戦状を叩きつけてきたのではないか。実際に今、人の行動が著しく制限され、不要不急の外出や会食さえ控えなければならない。コロナの言いたいことは何か？地球を汚すなということを伝えているようだ。耳を傾けなければならない。だがこれに100％従うと、遠慮を知らないコロナゆえ、ワクチンで食い止めないと図に乗るから、この辺で抑え込まねばならない。既にコロナのお陰で閉鎖された工業地帯の空気がきれいになって、青空が見え風邪ひきが減ったという報告が出ている。今、北半球は冬だけれど、冬らしく寒い。暖冬の言葉は聞かない。ところで南半球のオーストラリアは夏らしく暑いのか？温暖化といいながら普通の夏なのか？酷暑という様子は聞かれない。とすればこの一年コロナで地球全体の環境が多少とも改善されているのか？一億人以上の犠牲者を出した代価は、ただコロナを憎むだけでは取り返しがつかない。コロナが我々に与えた教訓として、人の傲慢な地球支配を改めて見直す必要がある。余りに人間の頭の悪さが露見したといえる。地球環境を整えた時には、コロナも自粛要請に同意して、巣ごもりするに違いない。

コロナが終息したら原因追及が始まるだろう。だが本質はコロナそのものではない。環境が悪く続く限り、今度はコロナ以上の恐ろしい厄介者が現れるだろう。

今日の教訓 犠牲者無くして、人は事の重大さに気が付かない。

これを書き終えて腕時計を見たら、ちょうど日付が変わって文字盤が動いていた。このx／10秒の瞬間を見たのは初めてだ。変てこな興奮と感激。

2021.1.30

見かけなくなった漢字

私は一貫《かん》六十匁《もんめ》で生まれた。何のことだか判らない人が多いはず。一貫は約3・75キログラムで一匁は3・75グラムであるから、3975グラムだったことになる。その日に産院で生まれた赤ちゃんの中で一番大きかったらしく、他の人がしばしば見に来て、顔の大きさに驚いたということを母親からよく聞かされた。顔が大きかったと言われる割には、幼少の頃の私の態度は小さかったと今では思う。今もそのはずだが、人は何と評価するか。昔から慎重で大きなことはできない性格である。要するにその時私は、貫禄《かんろく》があったのだ。まあそんなことはいいとして、尺貫法からメートル法になっておしゃれになったら、貫という字を見なくなった。自分と関わりのある漢字というのがある。貫という漢字も、見ると私は3・75の数字が浮かぶ。小学、中学のあたりは、10貫とか12貫という体重値であったのが懐かしい。一貫という重さを、手に持てば大体わかっていた。匁という漢字も今日、辞書なしで書けた。無意識に頭に残っている漢字というのがあるようだ。つまらぬことのようだが、私にはとても大事なのである。

今日の教訓　忘れられた漢字には、忘れられない風景がある。

2021.1.30

私の使えない言葉

13年前に家を新築した。親戚を集めて内覧した。小学生の甥っ子がやって来て、いきなり「うわっ、やべー。やべーな、これ」。私は一瞬どこかがまずい、欠陥住宅かとドキッとした。どうもそうではないようだ。顔が驚いているようだったから、褒め言葉だろうと安心した。やばいという言葉は、今さら言うまでもなく、新しい辞書には現代の用法が書かれている。だが私には使えない言葉の筆頭である。これは年の所為《せい》だろう。でもいい。国会の質疑応答で、首相が「それはヤバい事です」なんて言うのは聞いたことがないし、公の場でやばいという言葉はまず聞かない。テレビで若い人たちが、頻繁につかっているのが目につく。同時に「かわいい」という言葉がよく聞かれる。本当にかわいいのか。思い出したが、もう30年も前になるのか、世間ではよく知られた先生だが、当時70才も超えていただろう。同じ研究室であったが、ある日授業を終えて戻って来られたその先生が、突然私に問いかけてきた。「君、僕ってかわいいかね?」険のない穏やかな、そして好感の持てる人柄ではあったが、可愛い感じではなかった。教室に入っていきなり、「可愛いっ!!」と言われたらしい。そのころすでに若い人の間では、可愛いという言葉は流行っていて、先生はまともに受け止めたようであった。好意的なものはすべて可愛いかったのである。

言葉は変わるものだから、とやかく言わずに自然のままに見守るという人が居て当然だ。だがそれを危惧する人が居てもいい。「やばい」と「可愛い」で他のいくつの言葉が埋もれて行くのか。埋もれた言葉を掘り返す遊びもあっていい。その時は、爺や婆が元気になる。

今日の教訓　「やばい」「可愛い」だけでは、空腹を満たせない。

2021.2.1

仕事人

自分を表現する仕事をしている人は、生き方の天才である。芸術に打ち込む人が、まさにそれに当たる。音楽、絵画、文芸……。芸術家以前の職人だ。芸術家かどうかは世間が決めることだ。ただそれらを評することを仕事にしている人が居て評論家と言われるが、人はみな評論者だからそれを仕事や職業にしているのは、どこかに影がある。誰かが評さなければ価値が生まれないということもあるが、逆に企《たくら》まれた評をすれば混乱を招く。評論というのは危ない行為だが、評論家は自然発生する賢者の遊びである。

今日の教訓　自分は自分を偽る存在であってはいけない。

2021.2.1

私の掛け算九九

私の九九《くく》は小学校に上がる前に完了していた。戦後疎開先から東京郊外の田園地帯にもどったものの、食糧難で毎日野草を摘みに母に手を引かれ、歩きながら暗唱させられたのが九九だった。ある日、母が模造紙に１×１＝１から始まって９×９＝81までの一覧を書いて壁に貼った。今思えば、ににんがし・・にごのじゅうという。何故「にごがじゅう」と言わないのか。そして「にろくじゅうに」という。何故「にろくがじゅうに」と言わないのか。何だかわからずに経を唱えているようだったが、リズムで教わったのであろう。例えば、さんく……と詰まると数字を逆に言い換えて、くさん……と問いかける。「にじゅうしち」と答えが出る。意味はずっと後から教えてくれた。２がふたつ集まると２かける２で２・２んが４、みっつ集まると２かける３で２・３が６という具合に教えてくれた。小学校の２年だったか、３年だったか掛け算が始まった時は、とても楽をしたのを憶えている。そのころ算数は好きだった。だが算数の力はせいぜい中学あたりで底をついたようで、結局最終的には文系に落ち着いた。母の情熱に報いることはできなかったが、私の掛け算九九には母の仕草と声が同居している。

今日の教訓　知識にはすべて恩師の顔がある。

2021.2.2

節分の日

今日は2月2日。124年に1回の節分の日という。本来ならば2月3日だが、地球の公転速度がきちんと365日ではないためのややこしい修正措置の結果だと。人騒がせの地球だが、まあ地球にも都合というものがあるだろうから、365日という窮屈な日程に縛られるのを拒んでいる気持ちもわかる。だいたい1年が365日とはもともと人間が決めた事。残りの5時間48分46秒という余り時間（確か学校でそう教わったような気がする）を調整するために、4年に1回うるう年でプラス1日、更に調整して124年に1日前倒しということなのか、よく判らないのは、1日をプラスでもマイナスでもなく、行事の日を移すだけでは何の時間調整もしていないのではないか。天文学者はすごいことを考えるものだ。わからぬまま今日がその124年に1回の日だと。

ところで節分の日ということで、私は独り者だから「福は内」だけで事済《ことす》むが、恐妻家の家庭ではどうだろう。旦那が間違えて「鬼は内、福は外」と言ってしまったら、女房にぶんなぐられるだろう。これはごくひとつの例えだが、どんな家庭にも夫婦だけでなく、姑《しゅうとめ》も舅《しゅうと》も、子供たちも時に誰もが鬼と化す。「鬼は内」が言葉の出自ではないか。これは見える鬼の話だが、現状を訴える素朴な気持ちである。見えない鬼を追い出そう、見えない福を招き入れようなんて、根拠のない楽観的な気慰め的な習わしは、……いいですね?？!!

今日の教訓　わからぬまま1日が過ぎて行く日があってよい。

2021.2.3

変な空気感

個人の生活空間は安定していても、全体の空間が落ち着かない。不安定な中に居る。人は不信の塊《かたまり》だから、仕方ないでは、詮方《せんかた》ない。更に遣《や》る方無い。方（形）無しが過ぎる。言葉遊びしているのではない。昨今の核軍縮について、核保有国が「核開発は止めよう。核を捨てよう。」――「ＯＫ」だけで事は解決する。何故こじれる？「信頼の欠如」のひとことで言い表される。自分が一番という支配欲が悪い。世界が平和にと皆の願いは共通だし、わかっている。それなのに何故実現されないのか？信頼は１００％の益を得る。欲がある限りこの問題は解決しない。だが逆に皆が欲を無くしたら、文明も文化も花咲かずとなるから、欲が30％あってもいい。でも何だい？これって。無くて当然のようで、多少あってもいいとは、我が家の財政のようだ。

今日の教訓 信頼は１００文の徳。欲張りは30文の徳。

2021.2.3

私のコロナ対策

世の中コロナ、コロナででてんやわんやの毎日であるが、感染しているのではないかと不安に思いながら過ごしている。感染症状の一つに臭覚の異常が言われている。臭覚、味覚、発熱、頭痛、倦怠感、しびれ、風邪の症状……いろいろ言われているが、咳ひとつしても、鼻水ちょっと垂らしても、少し歩いて汗ばんでも熱があるのではないかと疑ったり、コロナは気分的にも大変良くない。最近、居間のテーブルの上のヒアシンスの小鉢の花が咲いた。脇を通るたびにいい香りがする。ところが今は香りがする前に、自分から香りを確かめるために鼻を近づける。香ればその日は「陰性」。無罪放免の一日の始まり。私流のＰＣＲ検査である。

今日の教訓 人に頼る前に、自分でできることをまず考えよう。

2021.2.5

コロナで気付いたこと

コロナ禍で従来の生活様式が大きく変わった。三密を避けることによって、感染を防止しようという対策がかなり浸透して、人はある程度の距離を保つことが日常の中に現実化した。帰省して家族と会うこともままならなくなり、遠距離恋愛も難しくなった。それだけ離れていれば密は関係ないが、近づいた時の距離が問題となる。これは見える距離で是非守らねばならない。だが距離のない距離というのを感じることがある。見えないが、この距離の間のどこかで響く歓喜が一人暮らしを支えてくれる。コロナが気付かせてくれた。周囲にたくさんの人が目に留まる。

今日の教訓　見えぬ所に見えるもののある日常。

2021.2.5

人は考えることは同じではない。

一体誰が品がないのか?

風呂に入るというから、「大事なところをきちんと洗え」と言ったら、えっという顔をされた。「頭だよ」と言うと、しらけた顔をしていた。次の時同じことを言ったら、「頭ね」と言うから「もっともっと下の方だ」と言うと、顔を赤くした。「へそだよ」と言うと更に赤くなった。一体何を考えているんだ。

今日の教訓

人は常に自分と同じ考えだと思ってはいけない。

2021.2.6

タンチョウ鶴のむんむん

今朝の新聞に「ねぐらの川から飛び立ったタンチョウが次々と飛来。……」それで思ったのだが、タンチョウ鶴は川で寝ているのか?寒さ知らずということか?あんな長い首をして、人間ならば首元を暖めれば温もりを感じるのに、鶴は人の何倍あるかわからない首を寒さにさらけ出し、求愛ダンスをしているとは、首ったけとはよく言ったものだ。鶴から来た言葉か?思いが腹から首を伝わって脳天まで上るから、寒くないのか?いや、脳天から首を伝わって腹まで下がるから、寒くないのか?仮に寒くて首が凍りつき、バキバキの棒のようになったらどうなるのか。これは氷上のチャンバラとなる。鶴む?どころか、頸木《くびき》を争う羽目になる。そうなれば見るに堪えがたい。

今日の教訓　夢中のうちは痛みも快感。度を越せば争いとなる。

2021.2.7

東京オリンピック勇気ある決断は?

オリンピックを開催するか、中止にするか?開催については、危険は承知の上で、コロナに打ち勝った大会という実績を残すためにやるという勇気がある一方、人の命を優先させるためには中止せざるを得ないという勇気もある。日本人が世界に誇れる勇気はどちらか?二者択一のどちらかを今結論として出せば、世界から称賛されるだろう。スポーツは掛け替えがあっても、人の命は掛け替えがない。スポーツのための人間か?人間のためのスポーツか?今、人間に危機が訪れていることを他人事として考えている人間が、スポーツの本質を間違えている。そうした人間がコロナにかかれば、即開催中止になることははっきりしている。

今日の教訓　否定する勇気の方が本気である。

2021.2.9

月日評《げったん》

人にはいろいろのタイプがあるけれど、自分のことを言うのは何だから?やめといて……

1. 声も背も小さいが、態度が大きい。
2. 容姿も頭もいいが、性格が悪い。
3. 衣服は足りているが、舌足らずだ。
4. 話し方も血の巡りも遅いけれど、手は早い。
5. 漢字も英字も読めるけれど、空気を読めない。
6. 判断もやる気も遅いけれど、目は早い。
7. 理解も反応も遅いけれど、耳は早い。
8. 足も髪も長いが、気が短い。
9. 根も明るく化粧も明るいが、世故に暗い。
10. でかい事言って太っ腹だが、ウェストが細い。
11. 口も八丁手も八丁だが、いざの時にもたつく。
12. 性欲心も嫉妬心も弱いが、物欲心が強い。
13. 体が重く動きも重いが、口が軽い。
14. 言ったことや聞いたことはすぐ忘れるが、貸した金は憶えてる。

15. 色は白く眼は青いが、腹が黒い。
16. 髪の毛は少なく無駄毛も少ないが、色気が多い。
17. あちこちに出没して世間に近づいているが、世間離れしている。
18. 化粧も服装も派手だけれど、気持ちが萎《な》えている。

今日の教訓 人物評はプラス自己喚起であれ。

2021.2.11

運否天賦《うんぷてんぷ》

私は言葉が好きでこの道を歩んできた。いつからそう思うようになったかははっきりしていない。「ボンジュール」と産声をあげて生まれてきたかどうか、そんなこと憶えていないから何とも言えないし、親も私の産声については何とも言ってくれなかった。ごく普通に生まれたに違いない。いつからか言葉をいじるのが好きになった。外国語に夢中になった。ある時気が付くようになったのが、日本語で何かを言おうとすると、イメージは浮かんで言葉がいくつか出てくるが、処理が遅い。それで遅れをなす。筋道を通して話そうとすればするほど、同時にいくらかの選択肢が浮かんで焦る。外国語がよぎる。この場合、外国語は邪魔だ。論理的に進めるには人より時間がかかる。反射的に言葉を返すことができればいいと思うけれど、何かが邪魔をする。それで外国語力があるかといえば大したことはない。経験から言えるのだが、言葉は生活を左右するから、曖昧な飛びつきは絶対にいけない。フランス人だって、アメリカ人だって、日本人だって、世界中みんな「オギャー」といって生まれ、生きるスタートをする。そこからが大事なのだが、与えられた言葉の使い方がきちんとできて、意志疎通ができるまで、子供のうちから母国語をしっかりと学ばなければならない。このことははっきり言おう。外国語はその次の出番待ちである。仕事で必要ならば、その世界の専用語を別に学べばよい。日常の外国語は深入りすると、便利そうだけれど思わぬ中途半端に当惑することになる。生活圏の言葉は大事だ。

今日の教訓　人は自分を過信しがちだが、大したことはない。

2021.2.11

重症なのはどっち?

ある日の電話での話。

「オレ最近すっかりボケちゃったけれど、困ったよ。けどな、女房はオレ以上にひどくなった。外に出て道であっても、オレを見て知らぬ顔してる。あいつボケたな。オレは別に声もかけなかったけれど、しばらく散歩して帰ったら、女房が居た。聞けば今日は外に出ていないって言うんだ。あいつ外に出たことも憶えていない。」

この人本当に外で奥さんと会ったのだろうか?

この奥さん本当にずっと家に居たのだろうか?

二人とも重傷なのか、一人が重傷なのか、まず間違いなくいえることは、「二人ともまともであるということ」はないということ。

今日の教訓　まともだと思っている自分を訝《いぶか》しめ。

2021.2.11

私の暦《こよみ》（桜ん坊の実る頃）

春の日差しを感じるようになった。庭に大きな植木鉢があって、桜の木が一本植わっている。桜ん坊が生《な》るのだが、毎年20粒ほど実をつける。穫《とりいれ》る頃合いを狙って日を送っていると、鳥にやられる。私が主《あるじ》なのに敵もさる者、隙を狙っている。私の口に入るのは1～2粒。一年は長いけれど、桜ん坊の季節は短い。かけ引きに負けて、また一年を待つ。この木は私が学生の頃、露店で見た桜ん坊が可愛くて買ってきたものだが、もう50年以上も前のことである。地面に植えたら今頃は大木になっていただろうが、抑え込んで大きさは50センチ位である。最初に幹だったところが枯れて、脇芽が大きくなって幹になり、木肌は風雨に晒されてさすがに疲れて、年老いたように感じる。それでもまだ毎年新しい芽が出て枝ができ、木の奥では盛んな新陳代謝があるのだろう。今年もまた寒い中で芽が膨らみ始めた。鳥との駆け引きがまた始まる。ちょっとした気持ちの揺らぎがあって、社会の暦とは違う一年の始まりが私にはある。

今日の教訓 自分の暦を持つと自分だけの生を意識する。

2021.2.12

結婚、そして……

結婚は生きる中での一大事である。人の結婚式を眺めながら思う。「ああ、また同じような人生を歩む二人が門出した」と。どちらかといえば冷静に見ている。本人同士は夢を膨らませ、幸せ絶頂そのものに輝いている。素晴らしい光景であり、おこぼれを頂戴したい。だが結婚したらどうなるのか？孤独の淋しさから解放されて、充実した毎日を送ることになる。だが現実は形を成して現れる。そこには煩わしいという不本意があって、譲り合っていたことがそうでなくなる。これが自然というもの。それを知って人は大きくなるのだが、結婚とはそうした不安を予知し、未知の世界にとはいえ、潔《いさぎよ》く踏み出すことだ。危険な冒険だ。年経るというのは、夢が無くなるというのではなく、夢を理解するのであり、夢は良しにつけ、悪しきにつけ現実化されることを悟るだけのこと。悟りを開くとはよく言ったものだ。悟りを閉じたら夫婦はばらけて夫婦ではなくなる。諦めといったら元も子もない。消える夢と実現する夢があるから、夢は日替わりメニューでもいいから持たねばならない。慰めなんかではない。ところで私は大人なのか？悟りを開くほど超人的ではないが、悟りを閉じるほど人生を否定しはしない。ただ悟り切れない自分が居ることは判る!!悟り切れたら、これまた怖いことになる。

今日の教訓

煩わしさを抜きにして、夫婦はあり得ない。
夢を抜きして、人はあり得ない。

2021.2.13

コロナで学んだこと

柳田邦男氏がテレビで言っていた。震災や津波のように不慮の出来事で親族や友人と会うこともなく死ぬのは、コロナも同様で「曖昧な喪失」と言うらしい。この言葉を曖昧に聞いてはいけない。本人は当然だが、遺族は無念をどこに吐き出せばよいのか。事が起こって人は思うが、やがて風化する。偲ぶことは故人との接点として常に語りかけよう。語る言葉は同じでも、名を呼んで、繰り返し繰り返し語りかけよう。

今日の教訓 名を呼んで故人を偲ぼう。

2021.2.13

地震で思ったこと

テレビを見ながら机に向かっていたら、テレビ画面の中央に大きな四角の囲みが出てきて、「地震が発生しました。間もなく地震が来ます。……」文言は良く憶えていないが、こんな表示だった。それから数秒後に机上のスマホが鳴って、画面には「地震が来ます。……」と言われても何をするのか?とっさにパソコンの電源を切り、足元の暖房機のスイッチを切ろうとしているうちに揺れ始めた。真夜中に近い11時08分。小刻みに揺れ始めて、次第に大きくなり、これはまずくなると危機感に襲われて立ち上がる。灯りが消えたら逃げられないと思い、まず懐中電灯を求めて寝室に急いだ。それからどうしようと考えても、揺れの動きを見るだけで何も考えつかない。家が倒れたら柱の隙間に入ろうと、我が家の大黒柱の脇に立ち、ただ呆然としているだけだった。揺れの山が過ぎて、もう安心ということで仕事部屋に戻ったら、立てかけた額が倒れているだけで被害はなくてほっとした。ただ脇を見たら非常用の懐中電灯が手元にあるのを忘れていた。とっさの場合はそんなことには気が付かない。普段から地震に備えをとか聞かされているが、いざの時はそんなことよりまず自分だ。それから怖くなってすぐ寝てしまおうと思っても、また揺り返しが来ることを思えばそうとも行かず、しばらくテレビで情報を見ていたが眠くなってきた。いざ逃げる時の用心に、外套を枕元に置いて就寝。床に就いて思った。一人暮らしは心細い。誰かが居れば助け合えるのだが、「遠い親戚よりも近くの愛人」か。他人は常に傍に居ないから、愛人の方が他人に勝るかも。だがそんな気の利いた人は、此の方ずっと居ないから、地震が来ないように祈るだけだ。一人というのは他人とのかかわり合いがなくていいのだが、一人では病気もしていられないし、気楽の裏には人には見えない付加努力がある。それが人生、あ〜あ、川の流れのように♪　こんなこと言っているうちは、まだ先が暗そうだ。

今日の教訓　地震対策　家の中の安全な場所をひとつ決めておけ。

2021.2.14

舌にまつわる話

歯磨きしていたら口の中に舌があって、融通無碍《ゆうずうむげ》に動いている。何でこんなものが付いているのだろうと不思議な気持ちになる。耳もそうだが、他人の耳をじっと見ていると、変なものが付いていると感じる。役目があるから否定はしないけれど、皆が同じものを持っている。舌の数が足りなくて舌足らずと言われたり、舌の数が多すぎて饒舌なんて言われたりする。私は歯を磨きながら舌が一枚と確認したのだが、ふと思った。ある冷めた夫婦が居て、夫が嘘つきだった。妻に言われた。「よくそんなこと言えるわね。舌を抜いてやりたいわ」夫が言った。「それじゃ物を飲み込めないし、味もわからない。第一君と楽しい会話もできない」妻はすかさず続けた。「心配ないわよ、もう一枚あるんだから」夫は舌が絡《から》んで言い淀《よど》んだ。

今日の教訓　舌は三枚以上持って饒舌になってもいいが、二枚持ってはいけない。

2021.2.15

言葉を楽しむ

フランス語を専門として60年近くになる。いくら勉強しても日本語と同じレベルに達することはないし、そんなことはあり得ない。それなら日本語を主にし、フランス語を従にして、言葉を楽しみたい。私の言葉の本籍は日本語にある。生誕地に関係する。東京生まれだから、東京語という日本語の変異種だ。私にとって日本語という母国語は、動かしがたい不動産のようなもの。私個人の言葉は自由にいじくりまわすことのできる動産で、日本語即ち母国語に属する。私の言葉は個人財産だから、金と同じように運用して価値を見つける。母国語は評価額がついて価値が云々されるから、評価が下がらないように言葉を磨く。

今日の教訓　言葉は磨けば光る自由財産。

2021.2.16

適度の雨乞い

昨年の暮れの大掃除では窓拭きを断念した。二階の窓の外側は金を出すからと言われてもやらない。そんなスパイダーマンのような曲芸なんかはできないし、軽業師でもない。最近は一階の手の届く所だけを軽くこするだけだ。何度拭いても拭き痕《あと》が残るから、適当に撫でて止めておく。いくら綺麗にしても何日か過ぎれば元通りになるので、それを考えれば無駄な仕事だから、自然と手も出ない。昨日雨が降った。かなり窓を叩きつけて、うるさい雨だと気をもんだが、朝起きて窓の外がいつもより明るい。すっかり汚れを落として雨は去って行った。北向きの窓が綺麗になった。朝食を済ませて仕事部屋に入ると、太陽が差し込んでやる気を起こしたが窓が汚い。南向きの窓は雨の施しを受けていなかった。夏まで待って雨の施しを受ければいいのだが、そのころには今しがた見た寝室の窓も汚れているのだろう。清濁はほっておいても繰り返される。雨の善行。ところで雨が降り過ぎれば、雨漏り、洪水、土砂崩れ……。我が家も数年前に床下浸水があって、雨が降るといつも洪水が気になる。道路の水がひたひたと押し寄せるのを見届けながら不安を募らせる。最近は道路整備が行き届いてその心配がなくなったようであるが、やはり気になる。雨の悪行。何でもそうだが、雨も度が過ぎれば悪となる。

今日の教訓　無駄な労力を惜しんで自然との共存。

2021.2.17

娘

どこかの家族が幼児と散歩しているのを見る。どこかの主婦が自転車に子供を乗せて走っているのを見る。中学生が鞄を担いで帰宅する姿を見る。塾の入り口で学生たちが出入りするのを見ている……思い出す。だがサラリーマンの姿を見ても何も思い出さない。親が思っているほど、子供は親のことを思っているのだろうか。親は信じるしかないこの掴みどころのない空気を読みながら、信号を送り続ける。

今日の教訓　親は子の故郷であればよい。

2021.2.17

物知り

記憶力が良ければ物知りだ。生まれた時はスタートラインが一緒だから、知識ゼロから始まる。それがなぜ差が出るのか。足が長ければ走りは早そうだが、それがそうとは限らないから、見た目で判断できない。足は長くても、短くても構わない。走者は早く走れればいいだけだ。早い走者は何か他とは違う記憶があって、それを頼りにしているのではないか。人は測り知れない脳力を記憶から生み出す。脳の記憶容量は無限らしいが、私の場合は大して詰め込んでもいないのに、飽和状態と実感する。10個憶えると3～4個位はこぼれ出して、記憶の貯えから落ちるのが判る。憶えたい気持ちは強くても、保存しておく努力が粗末なので大事なことを大事な時に思い出せない。私の中に居る悪の自分が「様あ見ろ」と言っているようで悔しい。悪の自分に妥協する気はないから、葛藤が起こっている。

今日の教訓 気を許す自分を認めてはいけない。

2021.2.18

我が家のヒヨドリ　第五話　（窓編）

窓のすぐ外に電線がある。そこに我が家のヒヨドリがとまっている。餌待ちか？私はじっと見ていた。それからすぐに空中に飛んだのだが、羽を開いていない。おっと、その姿が私の目に焼き付いた。そのままの姿で窓から消えた。すぐに羽を拡げたとは思うが、もし飛び立った瞬間に羽の不具合で開かなかったら、或いは飛んでる最中に羽が動かなかったら、……と思った時に何やら落ち着かぬ。投身自殺のようなものだから、考えただけでへその周りがもぞもぞした。ビルのてっぺんからでも平気で飛び出す鳥だから、鳥は不感症なるスカイダイバーだ。ここで余計な心配をしていても無意味だけれど、高所恐怖の私は鳥の気持ちを察したい。飛行機に乗るのもためらう私だが、飛行機から空中に飛び込むスカイダイバーが居ることを考えれば、鳥にとっては羽を振ることは単なる移動運動で、恐怖も何もないのかもしれない。私が自転車に乗って移動するような感覚なのかも知れない。それにしても人間は移動中に衝突することがあるが、鳥同士の空中衝突は聞いたことがない。鳥目と言うけれど、人の目よりはるかにいいに違いない。人には分からぬが、鳥の中にも必ず高所恐怖が居るはずだ。鳩なんかは公園に行けば地面をしっかり歩いている。あれは絶対に高所恐怖の連中だ。ところで鳥は足が地に着いてないから、行動が浮《うわ》ついている。落ち着きがなくて、いつもキョロキョロしている。天敵を恐れているだけではないだろう。鳥の餌を求める気持ちは判るけど、空中ダイビングの気持ちだけは判らない。

今日の教訓 人はまず地に足着けてしっかり歩け。

2021.2.18

頭の中は記憶の雑居部屋

憶えておきたいこと、憶えておかなければいけないことはたくさんある。同時に忘れたいこと、忘れなければいけないこともたくさんある。幸いに忘れることが多いから呑気に過ごせているとも言える。忘れることはいい事なのだ。といって調子に乗って大事なことも忘れる。最近はコロナのおかげで何の予定も入らないから、のほほんと暮らしていたら、歯医者の予約をすっかり忘れて、数日後にいつか手帳に書き入れたような、入れないような、急いで見たら後の祭りという始末。のほほんもいいけれど、度が過ぎれば途中で頓挫する。それからどうでもいいことも多い。例えば高校生の時に苦しんで憶えた数学の公式、あれは何だったのか？今でも入試問題を見ると寒気がする。これを解く学生たちが居るということは、何かに必要があって大事なのだろうが、私には無縁だ。どうでもいいのだ。宙ぶらりの浮遊物が一杯ある中の忘れてもいいことの逸品である。

今日の教訓　何事も雑居の状態が秩序。

2021.2.19

色、香り、形

私の家の居間のテーブルの上に、小さな植木鉢が並んでいる。香りを嗅いでその日のコロナ対策で陰性を確認しているヒアシンス。いく分老いて、香りが乏しくなったが、まだ現役。老いてはいるけれど花だけは意地張ってしがみついてるシクラメン、後期高齢者で終活中の額紫陽花《がくあじさい》、名ばかりで生気のない金のなる木。それぞれ付き合い期間は2か月から10か月位だが、じっと見ていると不思議だらけだ。ヒアシンスは赤、紫、白。シクラメンは赤と白の斑《まだら》、額紫陽花は額と葉のみを残して一年近く晒されっ放し、金のなる木は太った幹に緑の厚い葉。どうして整然と種を保っているのだろうか。この色、香り、形はどうしてできるのか？ 遺伝子といえば頭で納得しても、そんなミクロの世界に何が起こっているのか判らない。肝心なことがどこかで起こっていることは事実なのだが、何故、何故、何故？ 不思議の中で私も不思議な形で生きている。

今日の教訓 まともでも崩れても、ひとつの個性は宝物。

2021.2.19

コロナが言ってる？

コロナが出てきたと思ったら、世界中に瞬く間に拡がった。緊急事態宣言があちこちに発令され、研究者は自分を含め、周辺で死者がでる不安と恐怖に晒されて、真剣になった。するといつの間にかワクチンが現れた。人の能力の測り知れなさを知った。こうした能力があるのだから、敷衍《ふえん》すれば他のあらゆる病にも、真剣に取り組めば打ち勝てるだろうということだ。そう思うと期待感が満ちる。例えばこの半年は癌対策、翌半年は糖尿、次の半年は痴呆……などある病に特化した世界中の医師や研究者が同時進行で成果を報告し合えば、コロナワクチン発明のような吉報が期待できるはずである。人は他人事と思うから事が運ばないだけ。逼迫《ひっぱく》感がないと事態は動かない。そんな意味でコロナは人類に何かを示唆したのかも知れない。

今日の教訓　地球はひとつ。隠し事をすると処理は遅れる。

2021.2.19

風呂と地震

震度4・5というかなり大きな地震が来た。翌日友人に電話した。前夜ちょうど風呂に入るところだったらしい。慌てた様子が目に浮かぶ。それから話が続いた。

風呂に入っていて地震が来たらどうする?

私はまず風呂から飛び出し、パンツだけは履いて避難する。人様に誇れるだけのものは持ち合わせていないけれど、恥じらいというものは持ち合わせているから自然とそうなる。こんな話をしたら大いに笑われた。何で笑うのか?別に可笑しいことを言っているわけではなく、当たり前のことだから、「確かにそうだね」と頷《うなづ》いてくれればいいだけだ。なのに笑う。何故?

今日の教訓　人を納得させるのに、まともな話でも納まらないことがある。

2021.2.20

天才と普通が判る時

40年近く前に、パリのオランジュリ美術館でモネの睡蓮を見て圧倒された。それから数年後にモネが晩年に過ごしたというジヴェルニの家と庭園を訪れた。池があった。私はモネになった。池の周りを歩いた当時の気分は今でもはっきり思い出せる。睡蓮の様子は絵と違っていたが、描きたくなった。写真に撮っていつからか描き始めた。何度も描き足したが思うように描けない。日本の各地を旅行して、蓮を見ると写真に撮ってその様を見つめるのだが、蓮は神秘だ。しばらく部屋の隅に放り出されていたが、今日急にイメージが涌いて修正する気分になった。長い空白の時間があったが、改めて感服したことは、やはりモネはすごい画家だということ。ところで私はいったい才能があるのか、ないのか?自分でこう言っては何だけど、才能が無いわけではないが、思うように描けないだけということ。結局は凡才というこことで笑って落ち着く。非凡どころか、平凡だった。これからも絵筆を握る時は、反省を繰り返し描くのも楽しい。

今日の教訓 失望は、反省に徹すれば極力避けられる。

2021.2.20

横取り

最近はヒヨドリと信頼感が生まれつつある。今朝もいつもの場所にりんごを据《す》えた。それから数秒後、居間に戻って窓越しに外を見ると、カラスが来てりんごを狙っている。冗談じゃない。近くで見ると賢そうだが、化け物だ。見るからに怖い。目が合って、手を振り上げたら慌てて、ひとくちもぎり取って逃げて行った。黙って引き下がる人なら「お人よし」。だがこのカラスは「おカラスよし」ではない。強者《きょうしゃ》のヤクザだ。あのマリアめ、ソプラノの歌の一節《ひとふし》でも披露して行かんのか!!そのあとすぐにヒヨドリがやって来た。近くで様子を見ていたのだろう。めじろはまだ来ない。近くで様子を見ているのだろう。めじろが愛《いと》おしくなった。

今日の教訓

強者《きょうしゃ》はどの世界でも鉄面皮。

2021.2.21

夢は空言《そらごと》か？

夢の中で医者と対峙している。友が居て、彼は大腸がんと言われ、私は脳腫瘍と肝臓がんと言われた。二人で顔を見合わせている。自覚症状が無いのにと周囲に話している。その時何かの刺激があったのかよく分からないが、それが夢だと気が付いた。ホッとした自分を確認し、そのことを周囲に話したら皆が拍手していた。若い女性に囲まれていたがもちろん誰だか判らない。そんな時に本当に目が覚めた。夢の中ではあったが、癌が夢であったことを確認しておいて、健康であることを喜んだ。

今日の教訓　夢は思惑のパッチワーク。心の展示室。だが無碍《むげ》に捨てるにあらず。

2021.2.22

はがゆいこと

　ポストに投函されていたチラシを見て、スマホ料金が安くなるかも知れないと思い、当局に電話したのだが、自分の機器の使用内容をうまく説明できない。画面に表示される絵柄のことがとっさに出てこない。サプリとか言って何か違う気がしながら話していると、相手にアプリがどうのと言われて気がつく。若い人が平気でこの小難しい機器を使いこなしているのは脅威でしかない。日常化、習慣化ということで何の抵抗もないのだろうが、時代についてゆくのが大変だから、時代遅れと言われてしまう。まあ、仕方ないけれど淋し、悔しである。それで結局、直接人と会って話をした方が詳しく判るということになり、「出店《でみせ》に行けばいいのですね」と聞いたが、ショップと言えばよかったのだ。確かにこうした会話で通じることは大事だが、通じ合う言葉の毛並《けなみ》が急速に変化して落ち着かない。機器文明と同時に言葉と文化がバランスを崩しかけつつある気がする。

今日の教訓　言葉の付加価値は文化である。

2021.2.23

女性差別発言

東京オリンピック開催の委員会で、女性差別発言が問題になった。本当に女性が居なくてもいいということが周知されているのであれば、しかも女性がそれで事が順調に進むというのを期待するのであれば、男だけの社会だから差別も何も云々することはない。だが男女が居る限り、優先権は平等である。女性を排除しようというのは、「もったいない話」なのである。私が高校生か大学生の頃だったが、確か落語家の桂文治師匠がテレビの高座で、「世の中には、たくさんいらっしゃる殿方の中に、『おらぁ、女なんかでぇーっきれぇだ』とおっしゃる方がございますな。とんでもねぇー、もってぇねぇ話でございます」これを聞いて何とエッチな爺《じじい》と思ったが、大声で笑ったのを憶えている。どちらも公の場で言っているのだが、「もったいない」のひとことで、こんなに違うとは、女性の心を知っていた噺家さんが見事だったということである。もったいない話を真面目に言うと、大真面目な問題になる。男も女も共に存在しないと生きられない。私はいま、ひとり暮らしだが、需要を望んでも供給が届かないだけだ。一人暮らしの男も女も、言ってみれば緊急コロナワクチンのようなものだ。「女なんかいらない」と見栄はる男が一番無能としか言えない。ところで逆に「男なんかいらない」といったら、もったいない話になるのか？これは人によるだろう。でも問題の大きいのはやはり「女なんかいらない」という方ではないか？

今日の教訓　「もったいない」が浸透すれば、世界中の格差は消える。

2021.2.21

花を待つ

我が家の庭の桜ん坊のつぼみが大きくなった。もうすぐ花になって私の目に映る時は、今の私は別の私になっているだろう。花が嫌いという人は珍しい。ということは神様や仏様と同じように、花が絶対主のような位置にあるのだろう。一瞬の念をとっかえひっかえして生きている人の心の中に、花は念の最上位にあるのかも知れない。そういえば仏様は蓮の上に座り、蓮の花に囲まれている。春は何も言わないけれど、心に花を咲かせる季節だ。やがて花は萎《な》えても、萎えぬ心の道に我が花を咲かそう。

今日の教訓　心に花あれ、香りあれ。

2.23

2.21

2021.2.24

命日

今日は母の命日。仏前に供え物をする人が私だけになった。姉が昨夏に逝き、父や母を思い起こす人が居なくなった。私がこうして居る限り、父も母も兄姉も、あの時と同じように仲良く一緒に過ごしてる。

今日の教訓 思い出すたびに名を呼べば、あの人たちも共に居る。

2021.2.26

一番

山のてっぺんに立つと周囲が良く見える。海、川、畑、点在する村、鎮守の森……一度にすべては見えないが、それぞれ美しい。下からてっぺんを見ると余りにも小さい。それでもそのてっぺんを目指している者がたくさん居る。すそ野は自由自在の広い生活空間とはいえ、自分が一番になりたい気持ちが涌き起こる。一番は常に狙われている。八方から標的にされ、危険極まりないのだが、人は何を考えているのか、てっぺんを目指す。それが歴史というもの。その本質は何か?そう、野望。嫌な響きだ。

今日の教訓 欲望はかわいいが、野望は憎たらしい。

2021.2.28

吸ってー、吐いてー、それで一日

冬の窓から差し込む光は、夏に比べて部屋の奥の方まで行き渡る。寝室が明るくなって、おちおち寝てもいられない。大きく息を吸って一日が始まる。昼間に寝室に入っても、全く寝たいとも思わないから、寝室はただ夜のためにあるだけ。夜になれば、窓の外は暗くて化け物が徘徊しているから、寝室は魑魅《ちみ》シェルターであり、魍魎《もうりょう》シェルターであり、妖怪シェルターである。寝室に入ったらすぐに床入りしないと、化け物に吸い付かれる。私は床についてすぐに、昼間に吸い込んだ空気を大きく吐き出して、眠りに入る。今日も喧噪の怪しい木立の間を小走りに走ってきた。目の前に立ちはだかる木々を避《よ》けながら巣に戻ってきた。

今日の教訓　辛苦を受け止めながら、自然に逆らわずに床に就く。

2021.3.1

髪結い

若いころは風呂で洗髪すると、抜け毛に驚いたものだが、今は驚かない。毛が抜けなくなった。というより抜けようがなくなった。道理でシャンプーがなかなか減らない、ドライヤーをかける時間があっという間だ。櫛の通りが非常に軽い。早い話が、私の頭は「おすべらかし」状態だ。だが髪の量からして、高貴な髪結いは望めない。私の頭髪は決して断捨離の意志あってのことではない。意志とは裏腹の自然の摂理に即応しているだけのこと。ただ嬉しいのは、年経ると余計な手間が省けるということ。それで風呂の時間が短縮されるはずなのに、かかる時間はむしろ長い。自然の摂理はどこへ行った？服着る動作が遅くなっていた。いつの時代にもいいことばかりはない。それが自然ということだと納得。それでその納得を横目で見ながら、別の納得を探し始める。

今日の教訓　自然は諦めさせようとするが、諦めてはいけない。

2021.3.1

公務員の個性

まだ日の高いうちに園会をし、月が出ると宴会だか艶会だかをし、何でも結果として接待という話になって、それを週刊誌が嗅ぎつけて、国会で質問攻めにあい、それで苦しくなって辞任する。接待だけに限った話ではないが、そんな日々も速く過ぎ、気が付けば既に人が入れ替わっている。「公務員矢の如し」である。日本古来聴き慣れた響きだが、かなり違和感がある。公務員には実像を持って強力な個性を見せてくれる超印象派の人々が多い。逸《そ》れて消え去る人も多い。

今日の教訓　光の中でも陰の中でも、矢のごとくまっすぐ進め。

2021.3.2

下着の遺言

いつ着始めたのか憶えていないが、下着に穴が開いた。それで思った。私の皮膚とこすり合いながら劣化して、遂に枯れ果てたのだが、私の皮膚は依然として変わらない。枯れない証拠が、このどこにあるのだろうか。理屈はどうあれ、不思議としか言えない。今さらながら可笑しいが、体が再生している。同時に心も変化している。ふと気づいた。この動きの中で、良い種を植え付ければ今からでも遅くなく、良い芽が出て、美しい花が咲く。明日が明るい。希望が生まれるんだと。破れた下着は黙っていなかった。

今日の教訓

何事も生まれ変わればよい。

2021.3.3

出てしまう

下ばきというと、私は靴や下駄をイメージするが、それは下履き。ここではブリーフやトランクスといった下着の話で、下穿《したば》きのこと。最近買ったものだが、私にとって大事なところがどうしてもはみ出てしまう。テレビを見ていると、裸の芸人が出てきて恥ずかしげもなく、騒いでいるが、どうにかならないものか。見られても平気なのは、時代の流れというものなのか。色・柄が気に入って素直に買ったのだが、どうしても出てしまう。大きさも形も立派なものではないから、取り立てて言うほどのことではないが、時の流れに遅れまいと、努力する日々。ヘソの話だ。

今日の教訓　見られてよいものと、よくないものはきちんとしよう。

2021.3.6

内藤昭一先生の思い出

私には忘れられない恩師がたくさん居る。それぞれの個性で接して下さった思い出は、折に触れ姿、形、情景がはっきり浮かぶ。それほど強い絆を下さった方々である。

内藤先生は私のフランス語の師でもあり、知的生活においても報恩の師である。私が大学院の学生であった時、山梨の韮崎という所にご実家があって、そこに伺ったことがある。先生は文筆活動のためだが、私は単に遊山であった。昼間は川釣り、夜は対面で酒杯を傾けるという贅沢を味わわせてもらった。往路の車中で「学ぶことは自分との戦い」ということを言われて、その言葉は今でも忘れない。当たり前のことだが、遊びたい盛りの私には、重いひと言だった。先生とは折に触れ、交流の機会があり、公私ともに発展の道を歩ませてもらった。恩師に対して気が置けないという言い方は失礼だが、度量が広い。難解な文章には、判らぬということをはっきりおっしゃる態度は、大物である。私は昨今でも、何とか形にまとめて体裁を整えようとする気性から脱していないので、まだ小物である。見習うことがまだたくさんある。学習量に応じて知財も増えるかというと、私の場合、判らぬことが多すぎる。難しいことに対峙すると、眠くなる。自分との戦いに敗れることも出てきた。そんな時、あの忘れがたい「学ぶことは自分との戦い」という天下の気付け薬が私を戦いに引き戻す。

今日の教訓　自分の無知に気付いて進む以外に道は無い。

2021.3.6

中野一雄先生の思い出

私の音声学の恩師である。上智大学で実験音声学を教わった。博学多才で料理のことも良くご存知だった。学会の帰りや、授業の後でしばしば一献《いっこん》傾ける場を設けて下さった。当時の私には珍しいものばかりで、新宿のある料理屋では「ほうきの実」と言って注文された。小さな粒の歯触りの良い食感だった。ずっと後に知ったが「とんぶり」であった。それからやはり新宿であったが、秋田屋という赤提灯のような店だった。今は無いと思う。そこで注文されたのが、キーウィーだった。私には初めてのものだったが、店員に大根のように輪切りに切ってくれるように頼んだが、果たして店員が横切りにして持ってきた。非常に残念がっていたが、切り方によって味が違うという講釈をして下さった。そのころまだ市場にはキーウィフルーツは出ていなかった。何処でその知識を得ていたのだろうか?本当にいろいろ教えて下さった。

それはともかくとして、言葉についての考えを伝授して下さった。それは今でも私の中で変わっていない。それは外国語を学ぶ時は、日本人なら日本語を「軸にして」と言われたかどうかは憶えていないが、とにかく中心に置かなければいけない。いくら学んでも外国人以上にはなれないし、同等にさえもなれない。だからまず日本語を見直すことが大事だ。文学も同じで、いくら外国文学に通じても、日本人は日本という土壌で育っているから、まず日本文学を知ることである。外国語や外国文学を学ぶことは大変結構だが、日本が中心にあることを忘れてはいけない。同時に先生が良く仰っていたことは、現役で研究中は論文を書き、概論書や教科書のようなものは定年後に書くものですと。

私が定年後に音声学もどきの概論書を出し、日本語の洒落、冗談を書き始め、日常の思考を、言葉を選びながら思い出しては書き始めたのだが、それは中野先生の考えを継ぎたいと思ったからである。

日本語の重要性は政治家に任せてはおけない。日本語学者は気がついていないようだ。武器を持って侵入してくる者には政治家は対抗するが、武器を持たない進入に対しては対処の方法を知らない。そこは研究者の介入が即必要だ。

今日の教訓 目標と目的無しに外国語を取り込むことは、母国語の知的財産を失う。

2021.3.8

思考・作語

毎朝庭にヒヨドリがやって来る。与えたりんごを食べるためにだが、必ず二羽で来る。いつも同じ顔ぶれに見えるが、時に違うようでもある。まさか取り替えているわけでもないだろうが、私には鳥の世界は判らない。恐らく夫婦か、好い仲か、私の目にはできている間柄と映る。人のしきたりから推測すれば、男同士、女同志が仲良くなることだってあるだろう。微笑ましくもある。だが、その前に相手の顔をよく憶えていられるものだ。皆同じ顔に見えるのだが、彼らにも顔立ちによって選り好みがあるのだろう。コロナ禍の下で時間があるからそんなことまで考えるが、鳥にとっては傍迷惑《はためいわく》なこと。私の有り余る時間は下種の勘繰り、粗末な戯《ざ》れ事を生み出す。

小林一茶が子スズメを見て「スズメの子、そこのけそこのけ、お馬が通る」と詠んだり、「やれ打つな、蠅が手を擦る、足を擦る」などと詠めたのは、失礼ながら、相当時間が余っていて、きっと他にすることがなかったからだろう。今のせせこましい世の中に比べれば、何と良い空間であったじゃないですか。でも一茶の空間は、戯れ事ではないからスズメや蠅が俗化していない。我が家の庭のヒヨドリ空間は、私の手にかかって、俗化され貧しくなったようだ。

コロナ禍で時間を持て余している人は何をしているのだろうか?

今日の教訓　時間が余ったら、空間に価値を見つけよう。

2021.3.9

努力の甲斐と不甲斐なさ

偉いお方が違法接待を受けたり、公然と虚言を弄したり、そのたびに大きく報道されて一躍有名になる。一般人が罪を犯しても同様だ。彼（女）らは世間に悪いイメージとして銘記される。それが本望であったのか。そんなことはあるまい。立派な有名人は世の中にたくさん居るけれど、一日にして成らず。その陰で人知れぬ努力があっての結果だ。今さら取り上げて言うことでもないが、負を負った彼（女）らにはある時、ある瞬間に魔が差しただけのこと。余りにもったいない生き方をしている。水泡に帰したのなら、禊《みそぎ》で心を洗い流すことだ。努力という言葉が正に向かうか、負に向かうか。人が羨む有名人は、正の努力の結果である。ローマは今でも名を残す。一日にして成らずと。有名という言葉は、いつか自分が知る勲章だ。

今日の教訓　努力の報奨は「有名」という勲章。

2021.3.10

諍《いさか》い

大きなものから小さなものまで、どこでも諍いだらけだ。信念が強いほど相手を説き伏せようとするが、相手にも信念があるからぶつかる。共に正しくてもである。自分の持っている食べ物が美味しいからと言って、それが相手にとって美味しいかどうかは、相手の味覚によるのだから、他人がどうのというには当たらない。争いは味覚の競り合いと思えばよい。相手の味覚に添えれば円満というもの。ところが家族や友の間では折り合いが容易でも、国家、民族が相手となるとはなはだ難しく、危険だ。テーブルを囲み、食事しながら争っている風景は考えられない。食事外交は必要である。ただし直近の話題となった裏のある接待は、やがて大ごとになるから、そんな小細工は止めることだ。偉いお方のやりそうな手口だ。それなら割り勘が当たり前だ。話が逸れたが、皆が笑って話せる談義が必要なのである。相手を認め合えば解決するのに、判っていながら実現できないのは、人が不信の塊《かたまり》だからだ。かといって安易に信じ過ぎると危険という矛盾の中で世界は動く。野望のある限り、争いは無くならない。争いは良くないが、これはまた人の進化、発展にも関係するから、少々の争いは仕方ないのか。戦争にまでなると、これは人間の愚かというもの。悪のない知恵が必要だが、それは賢者にはある。

今日の教訓　裏のない食事外交は円満の絆を作る。

2021.3.10

貯えの努力

一生懸命働いても、思うように金は貯まらない。別に金を貯めるために生きているわけでもないけれど、無いよりはあった方がいい。でもあり過ぎるのも心配だろう。そんな経験をしてみたいが、金があって、暇ができればおおよそ裏道を歩き出すのが人情かも知れない。だからなくて幸せ、と言って慰める自分も哀れだが、現状は現状だ。金は使いようで、貯えの量ではない。負け惜しみと言われてもいいからちょっと言っておくけれど、僅かの貯えでも、あれば何かの折に触れ、人に寄り添い、喜んでもらえる私自身の幸せがあるということは事実だ。

今日の教訓　人に寄り添える喜びを確かめながら生きよう。

2021.3.10

美人

外に出れば綺麗な人がたくさん居る。男も女も最近は体型も違うように見える。一線からちょっと外れる人も居るけれど、それはそれで個性というもの。テレビで見慣れた綺麗な人が、そんなに時経ずして普通の人となる。綺麗は一過性なのか？花は枯れて消えても、その時の美しさは心の中で萎《しぼ》むことはない。何故だろう？人は言葉の成長と共に、受け手の心象が月並みになるためなのか。花に声かけたくなるのは、花は上手な語り手だから、人はいっぺんに参ってしまう。それで忘れられないことになる。言葉の上手な遣い手は、いつでもどこでも美しい。美しいとは内奥から出る艶であり、綺麗は表面を跳ね返るてかりである。だから一過性であり、美人とは雲泥の差がある。

今日の教訓　美人は内奥から出る言葉の艶を気にしていない。

2021年3月11日2時46分

10年前の東日本大震災。朝の新聞を読みながら、被災した遺族の手記や話に涙が止まらない。私の家では仏壇が倒れ、その衝撃で新築だった部屋の壁が大きくえぐれた。本棚の本は南向きの一面がすべて落ち、台所の壁にはひびが入った。それで済んだものの、現地の状況は悲惨すぎて言葉にならない。ただあの状況を思い起こしながら、2時46分仏前にて黙祷開始。犠牲者の冥福を祈る。あの日のテレビの映像を思い起こしながら、心の中で静かに語りかける。「どうぞ安らかに。どうぞ成仏を。冥福を祈ります。」と。

今日の教訓 見えない相手に込める一念。

2021.3.11

ピーマンの横恋慕（私のメニュー第一号）

子供の頃に作ってくれた母親の〈茄子の味噌炒め〉を思い出した。一人暮らしになって、懐かしい味だが、再現は思うがままの自己流である。主役が茄子であることはわかる。果してタマネギを入れてはどうだ。味噌と砂糖と油で炒めてみたら、思い出の味に近くなった。タマネギとの相性がいいことを学んだ。茄子3個とタマネギ2個ででき上がったのだが多すぎて、それから毎日三日間食べ続ける羽目になった。まあ嫌な気はしなかったが、食事作りは大変だと思った。それから一か月位あとで再びあの味が恋しくなった。スーパーの野菜売り場では人参とか、サツマイモを買うのが常で、それは単にラップをかけてチンするだけだから、料理というより味付け無しのサバイバル戦法だ。今回は頭にピーマンが浮かんだ。主役の茄子に相性のいいタマネギ。そこにピーマンが横恋慕した。この三角関係は茄子にとっては遣りきれないだろうが、かといって主役の茄子は拒むこともできず、身をわきまえた。「茄子がまま」と自分に言い聞かせながら……。その結果、三味一体となって、私の新メニューができた。がレシピはない。調味料はそれぞれ人によって好みが違うから、量加減は「いい加減」にということで。それにしても洒落抜きで試みたら、もう少しまともなものが期待できるかも。

今日の教訓　努力の結果は、ほどほどに期待すると良い結果。

2021.3.12

知っていれば言えない言葉

１９８６年7月27日から8月3日まで、仕事で福島県山通り、桧枝岐《ひのえまた》村周辺を訪れた。日程をこなし、翌日帰京する前夜、我々は旅館の前を流れる小川の橋を渡ってカラオケスナックに行った。雨が降っていた。客は誰も居なかった。我々が歌い始めてしばらくすると、4～5人のグループがやって来て、隣接の席に座った。まもなく彼らの内の一人が歌わせて欲しいと言って来たので交互に歌い始めた。すると先ほどの彼が司会を始めたのだが、かなり年季の入った語り口に我々は引いた感がった。相当通い詰めて、村の有名人かと勘繰った。赤いジャンパー姿の、背の高くない、活発そうな女性が歌い始めた。確か美空ひばりから始めたように記憶している。のっけから恐ろしく上手《うま》かった。私の目の前で歌っている彼女に「うまいっ‼これならプロで通用する」褒めれば彼女は歌いながら、私を見て一礼するのみ。これは只者ではないと思った。この奥地にすごい逸材が居るのだと、福島はすごいのだと、相当通い通しているのだと、聞き惚れた。我々の仲間はポラロイド写真をかなり撮っていた。司会の男は私の隣に座って、ほろ酔いながら何処から来たかと執拗に聞くのだが、私は彼がここの常連でその辺りの人気者と思えば、返事もあやふやにした。聞けば「僕は東京からです」と言うだけで、詳しく言わない。歌唱中の女性についても得意げに言うのだが、我々は誰も知らない。これは我々が世間知らずだった。それで時間が来て、彼らは先にそそくさと帰って行った。かなり撮ったはずのポラロイド写真も、帰京後整理すると一枚しかないことに気が付いた。彼らが記念に持って行ったとしか思えない。その後しばらくしてNHKテレビを見ていたら、彼女が歌っていた。あの日の語り口の上手な男が司会をしていた。彼女の名前は「松原のぶえ」司会の男は「葛西聖司」だった。共にその世界では大物の二人であった。まあ、何と言うか、その〜、そんな時もあったんだと懐かしい。

今日の教訓　そこらじゅうの隠れた才能にあやかれば、自分も前向きになれる。

2021.3.15

出世コース

今日、2021年3月15日、ネットでこんな記事を見た。

K学院大教授のNさん（54）はキャリア官僚として、旧労働省（現厚生労働省）に入って間もない頃、複数の先輩から言われた。

「よく入れたねえ。これからどうするつもりなの」

「あなたは不利だよ」

東大法学部卒ではなく、私大文学部卒の学歴では「出世レースから外れ、そのうち左遷されるよ」と言いたいようだった。そんな先輩たちは東大卒でない人ばかりだった。

これほどひどいとは思っていな…

これを見てもう50年前のことを思い出した。その後も私の仕事場に於て役人の天下りの人間が、大きな態度で振る舞う姿をたくさん見てきた。国立大の横柄さは今も昔も変わっていないことを痛感する。昨今では役人が違法を承知である企業に対しては特別の計らいをし、接待を受け、明るみに出ている。これが賢いということなのか。頭の使いようの方向が間違っている。有名大学卒の人間が、時に混乱と反発を招いている。

私は外国語が好きで、いつか外交官のような仕事がしたいと高校生の頃から思い始めていた。大学院の時だった。気持ちの準備はできていたが、それほど対策を練っていたわけではない。そんな時、恩師が外務省のある知人を紹介して下さった。外務省を訪ね、事務次官のO氏の面接を受けた。その時の説明が「貴方がいくら外国語ができても、それは試験に合格して、現地でお茶くみでも2～3年すれば自然に身に付くことだから、語学力はそれほど必要ないのです。必要なのは国際法。法学部で国際法を知ることです。しかも東大がいいのです。」このひとことで私の気持ちは決まった。外務省を出る時、重い扉をあけながら同行して下さった恩師に言った。「やめます。」

今日の教訓 学問は良い知恵を絞り出すためにある。

2021.3.15

余計なひとこと

店に入る時、検温器があって額を向ける。すぐさま「体温に異常ありません。」と返答がある。体温を計っているのだから、特別に「体温に」と言う必要はないだろう。単に「異常ありません」でいいんじゃないか?私はこれを聞いて、ドキッとする。体温に異常がなくても、それじゃ、顔に異常でもあるのかと。年寄ってくると顔かたちが変化して、常に昨日の自分とは違うと思い始めている特に、この言葉は身に刺さるように来る来る。ある道の駅でのことだった。

今日の教訓

弱いところに人は敏感である。

2021.3.15

我が家のヒヨドリ　第六話　休日？

ヒヨドリが顔を見せない。りんごを食べた跡がない。気が付かなかったが、ベランダのテーブルの下に一匹の猫が寝ていた。ヒヨドリはそれを見ていたのだろう。りんごはずっと上の方にあって、猫が一気に襲いかかるには距離があり過ぎる。それなのに一向に姿を見せない。夕方になって猫が居なくなっても、ヒヨドリは結局来なかった。そ知らぬ顔して寝ている猫を、ぶっ飛ばそうなんてことは思いつかないが（?·）、なるがままに放っておいた。ヒヨドリはどこかで腹を減らせていたに違いない。

今日の教訓　強者は弱者の気持ちがわからない。

2021.3.16

我が家のさくらんぼ

庭の植木鉢のさくらんぼの花がもう散ってしまった。サクラの開花宣言が、明日にも出るかという時に、もう結実の準備に入ったということか。育ての親は奥手なのに、育ちの桜木は何と早熟!!

今日の教訓　早熟も奥手もいつか必ず見せ場があって実を結ぶ。

2021.3.18

年を聞かれて

女子大生は教師の年が知りたいようだ。今でもはっきりと記憶しているが、ある日、帰宅時に女子学生に囲まれて駅まで一緒に帰ったことがある。ある学生がいきなり「先生、いくつ?」聞くからとっさに「65」。「えっ！65？見えな～い」だと。当たり前だ。返答につまづいて、うーっとこらえて黙ったが、本当は55才だった。学生は見る目があった。だが65才の親爺には興味がないから遊ばれていたと思うと、悔しくも、淋しくもあったが、それでいて嬉しい複雑な気持ちだった。当時は若いことがよかったのだろう。今は78才になろうとしているが、自分の年齢は自他共に曖昧な方が面白そうだ。今はもう相応の風体《ふうてい》と化しているから、聞かれて5才年上の83才と答えれば、「若いですね」とか「お元気ですね」とか言われるだろう。私もそのつもりで言っているのだから当たり前だ。83才の顔を想像する。逆に5才若く73才と言っても、「若いですね」と言うに決まってる。相手は「老けて見えますね」とは言えないから、言う方も苦渋の選択肢で言っている。双方にかけ引きがある。初めから年の話は不毛なのである。

今日の教訓　年齢の話は、「若い」という念頭のかけ引き。

2021.3.19

墓参り2

父母の墓参りをした。半年ぶりである。姉が去年逝って、今回は私がひとりである。墓前にて手を合わせた瞬間に、母の小声が聞こえた。「お前も老けたね〜」。母は82才で逝った。私はあと4年で母の年になる。私のことを「老けた」なんて、母の認知症も進んだもんだ。確かに母が見ていた20年前の私と今の私とでは随分変わったかも知れないが、私の気持ちは相変わらずである。とはいってもあの声に引っ掛かって家に帰って鏡を見直した。なるほどと改めて納得するほど20年の歳月は、私の認知力を低下させていたのに気がついた。それで母はどうなんだ。「貴方も老けたね〜」って言いたいけれど、そちらの世界では年は取るのか、取らないのか？

今日の教訓　男は言われて老いに気付く。

2021.3.24

私のSDGs（料理編）

私の夕食の頼りの店は5～6軒。一日一軒訪れるので、メニューもほぼ周期的に同一のものが巡ってくる。それでも朝食の食材を買うために、スーパーに入る。即席の食品がたくさんある。いつも素通りするのだが、たまたま焼きそばが目についた。これならば私にもすぐできそうだと直感。裏面に書かれていた豚肉ときゃべつを同時に買い込んで、早速夕食のまねごとをした。慣れない手つきで切って、炒めて、麺を入れ、指示通りに水を50cc入れて、付属の調味料を加えて完了。見た目も色具合も、思ったほど芳しくない。ひとくち食べたが、不味い。確実に不味い。結局、没。調味料の海臭い匂いと麺の舌触りが相俟《あいま》って、喉を通らない。廃棄。まさに幼稚園入園試験不合格。辛酸とまでは行かずとも、酸っぱい（失敗）を嘗《な》めた。

料理人というのは、あまたの食材をうまく使って、万人に供するすごい技の芸術家だと改めて思った。私は基本のところで躓《つまづ》いているのだから、持続可能にはほど遠い。開発などと言う前に、焼きそばで挫折して、目標どころではない。しかしコロナ禍で、もし頼りの店が無くなって、食の保証が危うくなったら、私の生死に関わる。別案が必要だ。今度は焼飯《やきめし》（炒飯）を自分なりのレシピでやってみるか。開発目標は、まずは喉を通るということ。

今日の教訓

挑戦は結果より気持ちが大事
ＳＤＧｓは持続可能なやる気目標

2021.3.27

大家族がい〜よ

一つ所に家族が纏まっている方がよいのか、それともそれは煩わしいのか。人によって考え方が違うのは当然だが、気心が知れていれば争い事も大きくはならないだろうし、互いに補い合って便利だろう。小学校に上がる前に、疎開で秋田の母の実家にしばらく滞在した経験がある。いつも家には誰かが居て、馬も居たが、脇を通るとブルルンと鼻を鳴らすのが怖くて、それだけが嫌だったけれど、いつも誰かにいじられて楽しい日々だったことを憶えている。今とは事情が違うけれど、食事はいつも箱膳で、何やら人がやたら動いていて、大部屋でコの字になって皆が忙しそうに箸を口に運んでいた様子が目に見える。決して宴会ではない。三度の食事がそうだった。団欒は囲炉裏を囲んで、昔話やその年の農作物の吉凶の占いなど、後で思えば「日本昔話」を体験しているようであった。

世の中進歩しているようだけれど、人の心の求めるものは全く変わっていないと思う。ということは大事な何かを忘れて、技術の進歩とか、便利さの追究とか、金儲けが目的のような生活とか、それらは目に見える贅沢であって、決して人間的進歩ではない。現に争い事がますます深刻化している。個人主張が強すぎて、全体調和が見えない時代になっている。多くの国家が核を持ち始めて、孤立化している。隣近所が仲良くしようと努めるのに反して、国家がいがみあうことは人間の知を否定し、無能さを暴露することだ。大家族がい〜よ。家族集合住宅がい〜よ。

今日の教訓　核家族の見栄はいいけれど、その本質は孤独。

2021.3.29

ボケ注意報

1　腹が減るから食事をするが、昨夜食べた物を思い出すのに時間がかかる。夕食は外なのでいろいろなメニューが浮かんでくる。そのうちのどれを食べたのか。行きつけの店を順に思い出す。それがいつのことだったのか。そう、昨夜はスーパーで惣菜を買って家で食べたのだ。自宅とわかればテーブルの上に何が並んだかは思い出す。家で食べるという珍しいことをしたので思い出し易かった。一件落着。毎日同じことの繰り返しは脳をなおざりにして、その結果「おざなり脳」を生むことになる。

今日の教訓　生活のリズムに変化を試みよ。

2　耳が遠くなるとどうしても口数が少なくなる。周囲に合わせようとするから微笑む。これが習慣になると不活性脳となって、言葉の発信者にならず、常にいい加減な受信者になるから、周囲から敬遠され、どんどん距離が遠のく。無口になってニコニコしているようになったら気を付けろ。自分ではわからないから周囲が気を配れ。聴覚には常に注意せよ。耳は大事だ。

今日の教訓　五感のうち聴覚を保護優先第一に。

3　玄関の鍵をかけ、4～5メートル先の門扉の鍵をかける時、玄関の施錠は？不安になる。

僅か2～3秒後の健忘。不安のまま去る。歩きながら気になって仕方ない。途中で戻ってくる。無駄な行動が多くなる。

今日の教訓 不安は即座に解決せよ。常に安心状態にせよ。

4 まっとうな人が変な人を見れば変に見える。変な人がまっとうな人を見れば、やはり変だと思うだろうし、人は自分以外は皆変なのだ。ところで誰がまっとうで、誰が変なのか?認知症、俗にボケと言われるが、ボケていない人がボケた人を見るとボケていると解るが、ボケた人がボケていない人を見ると、どのように見えるのか?程度が進行していると顔に表情がないので何とも感じないのではないか?程度が浅い時は、やはり相手が変だと思っているに違いない。ただその理由が何だかわからないというのが、両者の違いとしておこう。私も自分でどちらだか判らなくなってきた。

今日の教訓 人を見る時は、その人の素晴らしさを見て、言葉に表せ。

5 エスカレーターで左側にずらっと隙間なく人が並んでいる。右側に一人だけはみ出ている人が居る。後姿が高齢者風だ。後ろから人が歩きながら登ってゆく。距離が詰まる。動かない。エスカレーター内では動かないのが安全のための礼儀ならばさすが高齢者。

でもこの場合周りが見えていない。

今日の教訓 周囲の状況を常に周知せよ。

6 階段を数歩登りながら、何を取りに行こうとしたのかわからなくなる。ああ、もやつく。歩き始めた場所に戻る。思い出す確率は10発中、7〜8発くらいか。歩く距離が長くなって、気落ちするが足の健康のためと思えば、まあいいか。年取れば人はニワトリになる。今のところ3歩くらいでは忘れない。いざの場合は立ち戻る勇気が必要だ。やり過ごしはいけません。

今日の教訓 出発点のないものはない。

2021.3.30

ひとり身の仮想空間

あるテレビ番組の中で、食べ物を紹介するのがあった。「騙されたと思って食べてみて」これに対して、相手は食べるなり大げさな振りをして「うまい、これはいい……」とか取ってつけたような世辞を言う。またかと感心しない。そこでそんな時に言う台詞が浮かんだ。以下は例え話。

ある初老夫婦がちょっとした喧嘩をして、奥さんの方が縒《よ》り戻しをかけようとした。それでケーキを作って「これ食べて」。――「いらないよ」。――「**騙されたと思って食べてみて**」。一度は断った旦那だが、仕方なさそうな振りをして食べた。「どう?」――「ああ、**騙された**」。これは「うまい」ということなのか「まずい」ということなのか。奥さんは苦笑いをして黙った。これで縒りは戻るのだろうか?「おいしい」といえば問題ないのだが、そもそも奥さんが初めから騙すつもりで手抜きのケーキを出したのか?それとも奥さんの冗談認知度が危うくなっているのか?或いは呆れて言葉も出なかったのか?仲が良ければ互いにいじり合って、言葉なんて何でもいいじゃーないですか?

今日の教訓　沈黙は問題解決の敵。

2021.4.2

花を見る

歩いていたら、早咲きのツツジの花がいくつか咲いていた。すべて同じ顔して、同じ色して、もったいない気持ちがした。というのはひとつひとつは綺麗だが、同じものの集団は綺麗さの感度が鈍る。ひとつだけ咲いていたらよかった。人はその数だけ違う顔があるのに、花はいくらあっても顔はひとつ。人が引き合う理由はそこにあるのかもしれない。花が互いにハグし合うのを見たことがない。同じ顔してハグはないだろう。花は退屈しているのかも知れない。それですぐ散ってしまうのか？花持ちが悪いと言われ、人からは鼻持ちならないと言われ、それは気の毒だ。今日見たツツジが明日も元気に咲いていて欲しい。

今日の教訓　ひとつの花見て声を聞く。

2021.4.3

この頃の自分

風呂に入っている間に洗濯を済ますのが私流。洗濯のための時間は他の事に使いたい。冬から春への衣替えでもあり、はいていた冬物ズボンも洗わねばならない。洗い物をひと所に纏めておいたつもりが、風呂場に運ぶ時にズボンが見当たらない。何処に脱ぎ置いたのか思い出せない。直近の行動を思い起こしてみる。「ど〜こだっけかな〜?」ひとり言を言いながら椅子に座る。「ウェー」はいていた。眼鏡をしていながら眼鏡を探していたり、鍵をかけ忘れて戻ってみると既にかかっていたり、コロナ下で対面の人がマスクをしているのを見て、次に別のマスクなしの対面者が来てマスクなしの自分に気がついたり、些細なポカは憶えているうちにやって来る。だからポカは天災ではない。忘れた頃にやって来てくれれば、笑い種《ぐさ》にはならないのだが……

今日の教訓 経験値を積むと忘れ度が上がって、笑い種に事欠かない。

2021.4.3

思い出の風景と道

1．男鹿半島には母の実家がある。疎開したこともあるが、その時の思い出は断片的であって、むしろ小学校の頃の体験が大きい。昔から今も、脇本駅から菅野沢方面に向かう道がある。地面に箱を置いたような素朴な駅だがとても良い。駅員が居るのか居ないのか、以前は列車が着くと改札口に現れたが、その後あまり見かけなくなった。駅を出て左に進む。駅前には何もない。昔は船川線といったが、今は男鹿線。道に沿って進んだ突き当りに踏切がある。踏切を左に渡ると私の好きな道が始まる。左に寒風山を見て、右に大きく開けた水田を見れば、その向こうは八郎潟。はるかに点々と散る村が見える。子供の頃に母に手を引かれ歩いたその道は、彼方から祭り太鼓の音が聞こえ、今夜はどこどこの村の祭りだと教えられ、子供ながらにそれが自然として何も感ぜずに、今懐かしい思い出の風景として甦る。道は直線。左右に広がるあぜ道には野草と草花と小川があって、これが私の故郷の原風景である。直線道路を歩き切り、曲がったところを少し進むと、左側に池があって、夜は蛍が飛び交った。その数はすごく、蛍のひかり窓の雪、文読む月日……という歌の文句にあるように、蛍が雪が舞い散るように飛んでいた。手づかみで捕えて胸のポケットに入れると、外側から胸がチラチラと明るく輝いた。これも思い出である。今はバイパスができて、あの道はどうなったのであろうか。あの街道に堂堂と構えた寄棟《よせむね》造りの家々は、どうなったのであろうか。当時は農家も多く、活気もあったが、今は時代の流れに押されて、おとなしく佇《たたず》んでいるのだろうか。世代も入れ替わり、人も代わって、私の原風景はどうなっているのだろうか。店が林立し、物に満ち、人が行き交う都会の風景と、山や川があり、水田が広がり、人がまばらな田舎の風景の選択を求められたら、私はこの田舎の風景を選ぶ。

脇本には港がある。漁港としての小さい港だが、学生の頃、夜明けに一人で出かけて、桟橋で釣りをした。船がポンポンといいながら漁《りょう》に出る。ウミネコが鳴きながら頭上を飛び交う。とても淋しくて鳥肌が立つ。周りで何かがざわめいている気がする。怖い。でも仕方なく桟橋に胡坐《あぐら》をかいて糸を見つめる。魚は何かを知っているのか、寄りつかず、当たりがない。こんな時は不漁。でも原風景となる。8月のある日の事だった。この港は忘れられない。

2. 私がフランスの地に初めて降り立ったのは、学生を連れての研修旅行の時だった。何せすべてが初めてで、珍道中であったが、それが功を奏したのか毎年足を運ぶことになった。仕事を兼ねてのことなので、行けば夏の休暇中だが、一か月くらいの滞在であった。最初の地、カンヌは私の第二の故郷である。観光客でごった返し、俗な町ではあるが市民はおとなしく、控えめで、優しい。ホームステイで始まった私のフランス滞在の旅行形式は、それ以後旅行会社のツアーを避け、いつも個人旅行となり、現地の人と交わる滞在型のものとなった。時間で動き回る旅行はしたことがない。カンヌの駅を降りて、前の広場を右にゆくと、坂になった階段があって登ると鉄道の上に出る。大きな交差点があって、左斜め奥の道を行くと、昔は坂の途中の左側に警察があったが今はこの交差点の角に移っている。この通りに沿って左の方に進むのがグラース通り（Av.Grasse）で、香水で有名なグラース（Grasse）の町に通じる。グラースはナポレオンがエルバ島からパリに戻る時にこの町を経由して行ったとか。まあそれはいいとして、この通りの入り口当たりの所に私の定宿《じょうやど》がある。海岸沿いのクロワゼット通りにはホテルが林立しているが、そこには泊まらない。私がカンヌに最初に行ったとき、国際映画祭はこのホテルのどこかで行われていたと聞いたが、いつからかその映画祭の会場が、静かだった海岸に移され、現在の立派な建物が現れた。カンヌの友人達は、当時この建物が海岸の風景を壊すといって怒っていた。私もある夏この建物に驚いたが、その後は観光スポットとなって前広場では毎夜、いろいろなパフォーマンスが繰り広げられ、いわゆる屋台もたくさん出て旅行者で賑わう。古い港の脇に小高い丘があり、てっぺんには教会があり、その庭からカンヌの夜景を見るのは素晴らしいの一言に尽きる。海岸に並ぶレストランは海の幸を提供し、観光客で常に満席である。人の食欲が旺盛なのは、元気あってのことだとつくづく思う。こんな楽しい雰囲気で、食欲が出ないわけがない。ひとりで釣り糸を垂れながら考え事をしたり、無心で居ることの好きな私だが、このカンヌの雰囲気もたまらなく好きだ。ひとりで過ごすにはもったいない、そんな気分になる。ライヴのコンサート、似顔絵描き、スプレーで絵を描く人、おもちゃ屋、タトゥ屋……まあ日本の祭りのヨーロッパヴァージョンと思えばいいが、人も風景も違うので惹かれるのかも知れない。観光地といって括《くく》ってしまえば、世界に無数とあるお決まりの変哲のない町だが、私にとっては一過性のものではない。ある年には、Alex Foxというギター弾きがライヴをしていて、ひどく感激した。ＣＤをその場で買って、サインをしてもらい、握手してちょっとしたミーハーをしたが、あとでネットで調べたら、アルゼンチンの有名ギタリストだった。うまいはずだ。日本に来たら売れるだろう。

カンヌの町に私の風景となる思い出の道というのはない。常に旅行者が歩いていて、土産物屋が軒を連ねる。私が楽しいと思うのは二つある市場での買い物、駅前のスーパーでの日用品の買い物である。港に行けば、世界的に有名な大金持ちのヨットがあるという。確かにそれらしいヨットがそちこちにある。大きな甲板で家族らしい数人が食事をしている。有名人なのだろう。それを横目に見ながら、私は埠頭で釣りをする。人々が寄ってきて覗いてゆくが釣果はない。埠頭の先端の方に行けば小魚が釣れる。クロダイの小さいような形をした魚だが、３センチメートル位で名前は判らない。頭上をモーターボートに引かれたパラグライダーがゆっくりと飛んでゆく。人が居なくて、ふと自分に帰る時、私の風景が見える。これが南フランスだ。ぐるっと見回すと、丘の上には教会、背後にはカジノの館、その向こうには長くのびてイタリアに向かう海岸線、目前の海の向こうには、双子だったというルイ14世の片割れが幽閉されていたという館のあるサント・マルグリット島（l'île de Sainte-Marguerite）。思い出すと無性に懐かしい。私は素晴らしい旅をさせてもらっている。

今日の教訓　故郷は母に抱かれた温もり

2021.4.4

究極のオリンピック

東京オリンピックまであと4か月足らずとなった。コロナの影響で開催が危ぶまれているなか、聖火リレーが始まってもう数日になる。開催賛否両論あるなかで、究極のオリンピック像を考えた。結果はなるようにしかならないが、こんなことを考える時期があったのだと後に回想されるのが今だ。笑い話になるだろう。

国際オリンピック委員会は開催方針だ。日本の委員会も同様だ。ただ世論は、80%近くが反対だ。聖火ランナーは走り出している。外国からの観戦者は入国不可となった。選手と関係者のみ入国が許可される。観戦者は日本人のみの3密を避けて指定席。……

こうした状況下でオリンピックは果たして開催できるのだろうか。日本のチームの中にも、オリンピック精神やスポーツ精神を考えれば、不参加を希望する選手は案外多いのかも知れない。ただこの状況下で自ら不参加を表明できないこともあるだろう。それよりももし外国人選手のなかに不参加者が多く出て、連鎖反応が起き、結局日本人選手が主流となるか、極端に考えれば日本人選手だけの参加もあり得る。それでも行うのか。メダルはすべて日本人が独占だが、受ける方も与える方も、複雑な気持ちだ。金メダルの、世界一という付加価値はゼロ。全世界の選手が本当に参加を希望しているのか。早く意思表示をしてもらいたい。開催意思決定が遅れる裏には、経済的利権、政治的駆け引きなどないはずがない。今一番勇気ある発言で、世界のトップになれる言葉は「開催中止」。それを言えるのは日本の首相、

ＩＯＣ会長、アメリカ大統領の３人。とりわけ日本の首相。

今日の教訓　勇者のあるひと言で、犠牲の増幅を抑えられる。

2021.4.4

無意識のいじめ

人は動物に対して気が付かぬまま、相当ひどいいじめを行っている。テレビをつけたら、競馬中継で馬が必死に走っているのが映された。馬は何が何だか分かっているのか分からないのか、私には分らないが、ゴール付近で騎手に思い切りムチで尻をひっぱたかれている。勝った馬は、それがめでたいことと誇ってはいるのだろうけれど、負けた馬は、打たれた馬《ば》穴《けつ》もひりついているうえに、何でこんな思いをするんだろうと不可解な気持ちだろう。馬にも自律神経失調症というのがあれば、それにかかるであろう。人に文句も言えずにどこかに去ってゆく。動物との共存どころではない。人と馬の間には立派な格差が日に見えている。人は人社会の中で云々するけれど、被差別の動物は、言いたいことも言えずに人を恨んでいるはずだ。最終的には食材にするなんてとんでもないことさえしている。これはすでに人が無意識的な習慣としているのか、それとも無念と承知してのことなのか。ただいけないことは、そのことに気が付いていないことである。すべてが共存ということは、私の中には納得と難解という形で共存している。

今日の教訓 相手に対する思いやりがあれば、よい形に育つのが共存。

2021.4.5

声掛け

スーパーで買い物をしていたら「あら、ケーシーじゃない？」。若い女性に声をかけられた。小学生らしい女子を連れている。かつての私の学生だった。ケーシーで思い出したのだが、授業中に、フランスでは私のことをケイシ（Keiichi）と呼ぶとあるクラスで話したら、私のことをそれから「ケーシー」と呼ぶようになった。別のクラスでは、自己紹介の言い方をジュマペル……（je m'appelle...）というのを教えたら、私のことをそれから「ジュマペ」と呼ぶようになった。外で会っても遠くから「ケーシー」とか「ジュマペ」と呼ぶようになった。呼ぶ方は軽い気持ちでも、呼ばれる方は決して軽くはない。重くはないが、落ち着かない。どこでもやらかすから時と場所によっては居たたまれない。電車の中でもやらかす。客が私の方を見る。学生に「シッ」と言って、人差し指で口十字を切ると、学生は急に黙る。気まずい時間が流れて、不自然な状況となる。誰かがしゃべり出してそれで元に戻る。

ところでこのところそんなことは一切なくなった。「ケーシー」でも「ジュマペ」でもいい。恥をかいてもいい。たわいないがそんなことが懐かしい。帰り道、思い浮かぶ学生たちの顔が「芋づる式に」と言ったら犯罪者扱いだから、そうではなくて噴水の飛び上がる水玉のように湧いてきた。

今日の教訓 声掛けひとつが、思い出の元気を呼び覚まさせる。

2021.4.5

供え物

近親者の命日が来ると、仏壇に供え物を上げる。最近気が付いたのだが、供え物がある日が多くなった。それだけ私も人を見送ったのかと改めて思う。こうした行いで死者と繋がっている自分が居る。ただ供え物を振り返ると、常に私の好物ばかりであること。これでは向こう側の人たちには不服も多いに違いない。かといって今日的なワインとチーズの盛り合わせなんかを上げても、彼らの知らない世界のものだから引くに決まってる。だから上げない。イチゴタルトとかモンブランのようなしゃれた菓子は彼女らも戸惑うだろうが、これは喜びそうだから候補となる。いずれにしても私が決めることだから、私側としては、そんなに気を使っているわけではない。それでもこんなことで過去と繋がれる。

今日の教訓　命日に、仏前に供え物をして思い起こす日々。

2021.4.9

結婚ですか〜？（再び思う）

若い時には夢があり、体も自由に動いて、思い出せばそれが青春ということだった。今、若い人が結婚して門出を祝福される光景を見れば、皆が幸せになる。それまでの孤独という淋しさから解放されることは吉であるが、やがて訪れるであろう煩わしいという未知の世界に、勇んで一歩を踏み出した瞬間でもある。やがて睦まじき線引き無しバトル団も、ついに線引き有りバトル団となり、いずれ国境封鎖状態になること限りない。幸せすぎる結婚なんて、うわつらの取り繕いだが、愛深ければ深いほど、見えなくなるから騒ぐだけ。愛は時に鬼と化す。今日も結婚して門出する人たちが居る。あ〜あ、しんど。

今日の教訓 結婚はジャンボ宝くじ。

2021.4.9

病いの教え

「病気になって初めて健康の有り難さを知る」というが、テレビでは癌に罹った人たちが克服して、仕事に復帰する様子が放映される。それを見て私たちは健康であることの素晴らしさを実感する。私が35～6年前に病に伏した時は、健康の有り難さを知ったかどうか憶えていないが、ただ痛さをこらえて、そんな余裕はなかったと思う。激痛にそんなこと考えていられない。早く医師に痛みだけでも取ってもらいたいと言う一心であったことは憶えている。気持ちに余裕ある病には、健康の時の自分は見えるが、苦しい時は神頼みである。健康なんかおくびにも出さないし、すっかりどっかへ行っちまってる。退院してから健康の有り難さをかみしめたはずである。一旦回復してからは、病を避ける自分なりの方法を身に着けている。今はコロナで世界中が振り回されている。こうした時に病で辛い経験をした人たちならば、世間の注意に耳を傾け、自分を守ることを考えるだろう。病の怖さを知るというのは、知識よりももっと大事で、食料と同じくらいの重さがある。

今日の教訓　病は自分を気付かせる良薬。

2021.4.10

家に帰る

夕方になって外に出ると、限りなくたくさんの人に出会う。この人たちのつま先が、自宅に向いて動いていると思うと不思議だ。もし誰かの足の方角と全く同じに設定すれば、その人の家に行ってしまう。中に入ってしまうと、たちまち泥棒と言って騒がれる。そんな馬鹿は居ないけど、人は見えない糸がつま先から延びていて、家庭がその糸を手繰り寄せているように思える。家があって、家族が居て、話しが弾んで、心安らぐのがいい。

事情があって、あっちの方に足が向く御仁もおられようが、やがてこっちの方に向くようになることを願ってる。私の場合、こっちの方を向いているが、何せ糸が細くて、手繰《たぐ》り寄せたら今にも切れそうで、糸の縒《よ》り合わせに勤《いそ》しんでいる。

今日の教訓 生き甲斐はつま先の向く方向。

2021.4.11

心はずむこと

20年前の学生、M・Y君とは今でも音信のやり取りがある。今年の4月から看護師になった。紆余曲折を経て決心した結果のようだ。心から喜びたい。祝いの会を予定したが、コロナが邪魔して延び延びになり、まだ実現していない。最近コロナも落ち着きそうな気配が出てきて、会が近々にできるかも知れない。それで今日は、祝い事に何かを添えようと品を探しに家を出た。久しぶりに楽しい気分になった。

今日の教訓　些細でも人のために何かできて感じる喜びがある。

その後、第三波、第四波が押し寄せて、祝いの会は流れたままだ。最近再び、コロナる人が出てきて、先が見通せない。M・Y君はコロナ病棟で仕事しているから、緊張の連続に違いない。コロナってはいけないと祈る日々。

今日の教訓　幸せにつながらない忍耐はない。

2021.4.13

狂った蝉

ツクツクボウシは、秋の到来を思わせる私が頼りにしている気象予報士だ。今夏は7月が雨ばかりで涼しかったが、8月になって猛暑が始まった。同時にコロナの影響で、人と会うこともできず、いい加減にストレスが貯まってしまった。8月になって、ツクツクボウシが鳴くのにはあと一か月は我慢しなければならないと辛抱を決めていたのだが、驚いたことに8月2日に我が家の軒先で、鳴いた!!それで思ったのは、後一週間もすれば涼しくなるのか。期待したのだが、日に日に暑くなるばかり。天気予報は35度以上の猛暑が8月一杯続くというから、あの蝉の鳴いたのは何だった。今夏はツクツクボウシも熱中症で、認知症にかかったのか。蝉の予報は完全にはずれた。8月の末頃からツクツクボウシがかなり鳴き始めた。最初のあの蝉は若くて世間知らずで、勇んで出てきたのだろう。馬鹿な奴はどこにもいるけれど、それに惑わされた私も浅はかだった。今日、9月10日は窓を開けると涼しい風が入ってきて、クーラーをかけずに仕事している。7月以来だ。ここ数日はツクツクボウシがよく鳴いている。正統派に囲まれている気がする。もうすぐ秋風が立つはずだ。

今日の教訓　自分の都合を自然界に押し付けてはいけない。

あの早や鳴きのツクツクボウシの声を、あれから8か月以上経った今、思い出している。去年の8月2日は暑かった。いきなり軒先で鳴いたツクツクボウシは何だったのか。あの5日後に姉が旅立った。あのとき風雲急を告げにやって来たのかと、今は不思議な気持ちで受け止めている。熱中症で認知症とか中傷したが、自然界には人の判らないことがあるに違いない。

今日の教訓 自然界に畏敬の念を抱く余裕を持たねばならない。

2021.4.18

鳥は見た？

最近目が覚めると、戸外で鳴く鳥の声が気になる。5月になって、新型コロナウイルスの恐怖が蔓延する最中に、夏日という暑さも加わり遣りきれないこの頃、この声に気付かされる。スッピン、スッピン、スッピンと繰り返す。姿も見えず、何鳥だかもわからぬが、甲高く何かに驚いたように叫ぶその声は、一体何を見たというのだろうか。ごみ出しに行くご婦人か？それとも外出規制された若いお嬢様の寝起きの顔か？スッピン、スッピン、スッピン……いつもの風景と違った様子に、鳥もただ事ではないと思ったのか。けたたましく何かが移り変わる気がする昨今。鳥が去っても、声だけは耳に残る。ああ、スッピン、スッピン……

今日の教訓　野生は見ている？人社会。

ある機会に野鳥の話が出て、スッピンと鳴く鳥の話が出た。物知りが居て、あれはシジュウカラということを知った。鳥は承知していたが、鳴き声の持ち主までは知らなかった。この鳥の名は、私にとって何才頃から身についたのか。四十からだった。はたまた私の財布の中身を言っているのか、シジュウカラだと。

今日の教訓　野生に学べ、人社会。

2021.5.1

日本語事始め

私は子供の頃、アナウンサーになりたいと思った。ラジオしかない時代だったが、自分の声が全国に届くことは素晴らしいと思っていた。小学校4年の時に放送部ができ、NHKのアナウンサー試験に落ちたというT先生が顧問となった。参加した部員が何人いたかは全く憶えていないが、教室に数人いたことはイメージとしてある。そのクラブがどのくらい続いたのかも憶えていないが、すぐに消え去った気もする。その時に教わったのが、濁音、鼻濁音だった。この違いだけは今でも先生の顔と一緒に思い出せる。濁音は汚いから鼻濁音を使うようにと練習させられた。「～が」という文章を何回も繰り返したことは、後の私に言葉への関心を向けさせたと思う。今はそんな教育はなされていないと思うが、私の日本語に対する音声財産の一つでもある。私がもし、今外国人として日本に来て驚くとしたら、日本人の頭の良さであろう。平仮名に漢字を当てて意味を表現している。例えば、「美味しい」、「出汁」、「真面目」など表現力はすごい。ただし意味が判っても、咄嗟《とっさ》に読めないことがあり、それは能力を疑われる結果となる。私はアナウンサーを夢見たが、今思えば恐ろしいことだった。アナウンサーが原稿を読む時に、綺麗に発音することで人格が尊ばれるが、読み方を間違えて、出汁を「でじる」と言ったら、舌を噛み切るくらいの恥である。尤も今のアナウンサーはテレビを見る限り、読み違いは聞いたことがないが、かなり神経を使っているに違いない。大変な仕事である。ただ発音に関しては、濁音と鼻濁音を使い分けているアナウンサーは少ない。日本語は見直すほどに面白い言葉である。

今日の教訓　顔と言葉は一致しないが、心と言葉は一致する。

2021.5.2

給付金ひとり10万円の結果

コロナ禍の下、一律10万円給付から一年経たが、その結果が4月30日にネットに報告された。その内容は、一人10万円で配布した金は12兆6700億円。申請しなかった人は40万人で、400億円が余った。予算12兆7100億円を配る計画だったが、その差額は「不用額」として処理し、翌年度予算の財源となるということだった。

当時私はある新聞の投稿欄に、120兆円支出したとして、この一割が善意の返還金とした場合、12兆円を医療のために使うと提案したが、一桁間違っていた。そんな高額は口にしたこともないので、初歩的なミスだったが、それでも未申請が40万人分、400億円余って、それを翌年度予算に入れるという、何と政治のやることは心無いのか。10万円受け取った人でも、余裕があっていくらか返還できる人も居るだろう。それを合わせればコロナ医療機関、コロナ従事者に相応の手当てが支給できるはずだ。この期間のコロナ従事者には、自他共に命を懸けた過酷な仕事に対して国民の感謝の意を表すべきである。過酷過ぎて退職に追い込まれた看護師が多いと聞く。心の腐っていない人々はたくさん居ると信じている。

今日の教訓 人の絆のない所に良い結果は生まれない。

2021.5.4

生きることを考える。

悩み事のない人は居ない。同時に、幸せを感じることのない人もいない。一生を争い事の中で終える人も居れば、安楽の中で終える人もいる。過去の戦国時代といっても、皆が争っていたわけではないし、どこかで毎日を楽しく過ごしていた人が居たはずである。たとえ争いの中にも、幸、不幸を感じ取るのは人の受け方次第である。とはいえ人は争いを避け、幸せに生き続けることを願う。地上には幸と不幸の空間があって、どちらに身を置くかは当人が選べることなく生まれて、生かされているのは何故なのか。偶然か約束事か？偶然ならば、不幸から幸への乗り換えは可能だが、約束事ならば難しい。だが人が幸せになろうと努力していることを考えれば、天命の約束事を跳ね返して、偶然与えられた命と思って、これを改革しようとするのは当然理解できる。尤もそうしていることそのものが約束事と言えば、生命は見えない法則、それが秩序かどうか判らないが、それに沿って展開しているのかも知れない。生きることは、死を予見した最高の哲学だ。生きることは、一瞬一瞬を確かめながら満足できる方向へと自分を誘う天賦の運転技術だ。汽車や飛行機のような大きな乗り物ではなく、1台の乗用車に乗り合わせた人が生きる仲間だ。私は運転免許は持っていないが、命の運転についてはペーパードライバーであってはならない。人は誰でも約束された命を運転する積極的なドライバーでなければならぬ。偶然というのは見せかけであって、すぐ消え去るが、人が向かう先は満足であり、それは約束事だから消え去ることはない。人は思索し続ける生命ドライバーだ。

今日の教訓 力と努力だけでは解決できないことが、時経れば自然に納まる。

あとがき

思いつくまま書き始め、一貫性もなくここまでたどり着いた。喜怒哀楽というけれど、読み直してみると確かにその時々にいずれかの相に身を置いている。これらの相を私たちはそれぞれ違う感情を持って知覚しているが、人の心理は複雑であって、単純には説明できそうにない。例えば「哀」は自分を哀れに思うことが本義であろうが、他人の哀れを思って何かをしようと思いついた時に、それは単に「哀」の感情だけなのか。そこには「施し」という更に上位の座がある気がする。子供のころから親に言われた言葉がある。悪いことをすると地獄に行って、閻魔大王に舌を抜かれる、がつがつ食べたら餓鬼になる、今では犬はペットで犬畜生とは言わないが、かつては行いが悪いと、犬畜生にも劣ると教えられた。そんな言葉が私のどこかに潜んでいた。それでいつか十界という言葉に出会った。仏教から来ている言葉だと知った。地獄、餓鬼、畜生、修羅、人界、天界、声聞、縁覚、菩薩、仏界であった。そしてそのそれぞれが更に細分化されて三千に分れるという。つまり人の感情は一瞬にして三千世界を駆け巡るということであった。そう考えると、私が書いてきた心の動きは、無限の大気のどこかの片隅の空気が少し揺らいだ程度のものである。ということは人は誰を見ても平静で、心の動きは見えないが、内面は大きく揺れているに違いないのだ。人は「考える人」であり、「考える葦」であり、ロダンもパスカルも同じようなことを体感していたのだろう。洋の東西を問わず人は皆同じと言える。

夢の中でも喜怒哀楽を感じている。気持ちの休まる時がないが、生きているということは、これが自然体ということで、すべてを受け入れる。それが幸せの本質なのかも知れない。心も体も困難に感じることはいくらでもある。しかしそれを受け入れて生きるのは、命あるものすべてに与えられたことであり、運命とか宿命とか言われる。筆を走らせながら、自分を見る機会を多少得たように思えるが、まだ深いところまで見えていない。これからも自分探しのゆっくり旅をしてみたい。

ところでこの度も毒蝮三太夫さんに帯文を頂戴し、表紙にはイラストや抽象画で嘱望される片寄千賀子氏の作品を拝借しました。皆様の御快諾に大変嬉しく感謝しております。

そして本書を纏めるにあたり、朝日出版社の近藤千明様には今回も大変お世話になりました。こうして発刊に到りましたことに深く感謝し、御礼申し上げます。

２０２１年４月吉日

小島　慶一

著者紹介

小島 慶一（こじま　けいいち）

聖徳大学名誉教授（専門　一般音声学、フランス語学）
元青山学院大学非常勤講師
元上智大学非常勤講師
元早稲田大学非常勤講師
元中央大学非常勤講師
元東洋英和女学院短期大学非常勤講師
元女子聖学院短期大学非常勤講師
元駒澤大学非常勤講師

詩集

1　思索してますか（文芸詩集　平成９年７月　近代文芸社）
2　船長《ふなおさ》日記　～ ゆるり・ふらり～（写真詩集　平成25年２月　朝日出版社）

時の人たち

1　妖怪だー！！！（エッセイ　平成12年７月　文芸社）（絶版）

ことば遊び

1　捩《もじ》り遊び日本語　～テキトウでアイマイな日本語クイズ（2019年５月20日　朝日出版社）
2　笑うかどうかに福来たる――お洒落に笑って大笑わ　馬鹿・・しいけど大真面目――（2020年10月　朝日出版社）

フランス語発音学習書

1　やさしいフランス語の発音　改訂版　第２刷（2021年７月31日　株式会社　語研）
2　超低速メソッド　フランス語発音トレーニング（平成25年２月　国際語学社）（出版社が突然消えて、絶版）

言語音声に関する参考書（生理、理論、音響など）

1　音声ノート――ことばと文化と人間と――（2016年３月31日　朝日出版社）

話し言葉に関する研究書（話す時に浮かぶイメージの言葉を思い起こしてみよう）

1　発話直前に想起される音声連鎖の構造
――フランス語学習者を例として、心象音声の応用――（2017年１月10日　朝日出版社）
La structure de la séquence phonétique remémorée lors de l'émission
——esssai d'application des images phonétiques à l'apprentissage du français——
（上記書の翻訳）

その他

学術論文	20	辞典など共著	2	日本語方言の母音共著	2
フランス語教科書	4	学会個人発表	5	共同発表	2
フィールドワーク国内	24	国外	9		

爺《じじ》活《かつ》百《ひゃく》態《たい》
ああ、何をか思わん

二〇二一年十月一日　初版第一刷発行

著　者　小島慶一
発行者　原　雅久
発行所　株式会社　朝日出版社
〒一〇一-〇〇六五　東京都千代田区西神田三-三-五
ＴＥＬ　〇三-三二六三-三三二一
ＦＡＸ　〇三-五二二六-九五九九

カバー挿画　片寄千賀子
ＤＴＰ　株式会社フォレスト
印刷・製本　協友印刷株式会社

ISBN978-4-255-01258-2 C0095